ゆうべのヒミツ

室井滋

小学館

ゆうべのヒミツ

はじめに

自分より、もっと年上のオバサンに言われた。

「ねぇアンタ、早朝に再放送してる時代劇にハマるようになったら、人生の坂道を下り始めた証拠よ」って。

う〜ん、そのご説、ごもっとも……かもしれない。

私は朝、薄暗いうちにポカッと目を覚ます。

〝ヤダッ、まだこんな時間！　でももう眠れない。仕方ない、テレビ付けちゃおっと〟

そして、たまたま映っていた時代劇を観てしまい、いつの間にかその世界にのめり込んで行く。

コテコテの勧善懲悪《かんぜんちょうあく》モノを、こんなに面白く感じちゃうなんて……。夢中になって続きが観たくなり、オバサンの朝のサイクルが時代劇合わせで固定されてしまうというわけだ。

この本のタイトルも『ゆうべのヒミツ』じゃなく『早朝から首っ丈《たけ》』にすべきだったかも。『雲霧仁左衛門』に『大岡越前』、『柳生十兵衛七番勝負』に『茂七の事件簿ふしぎ草紙』、『塚原卜伝』も何と素晴らしいこと。DVDも買おうかしら。

でも、どうだろう? これらの良さをようやく感じられるようになったこの私が〝人生下り坂〟だなんて。あり得ない!

人生には、こんなふうに年を重ねてこそ味わえる愉しみがこれからもまだまだたくさんあるに違いない。〝上り坂〟〝下り坂〟〝まさか〟と、どんな坂が来ようとも、私はムヒヒと笑って、我が道を突き進もう。

皆さまもどうか、オバサンの正直な気持ちを綴ったヒソヒソ話を、眉を顰《ひそ》めずご笑覧いただけますようお願い申し上げますぅ〜〜♡

室井滋

もくじ

第3章

オバサンスイッチON

201

ひょっとして君、最後の1本？／私のとっておきの入眠方法／一日一善の運転手さん／世界一の睡眠不足／私のレーゾンデートルはいかに／ヘコム貧乏財布／あの頃、カンバック！／さあて、誰のイビキでしょう？／家族葬と家族のけじめ／チャプチャプ水を飲み……／誰よりも頼りにしています／私の朝のラッキー、〝ヤクルト1000〟／大根どの……の巻／一緒じゃなきゃ不安なの？／オバサンを舐めんなよスイッチ／やっぱりアナログ盤ですね／もしかしてロボットという生き物!?／今の社会の縮図を見たよ／あの水行が、私達を守る／役者の記憶術／ケチと倹約、その線引きはどこ？／ああ、愛しの苔ちゃん／あなた、麺はすすれますか？／イタリア戦、チッチョリーナな夜

装丁　小川恵子（瀬戸内デザイン）
装画　長谷川義史

第1章

一生モノ、持ってますか？

嘆きのおパンツ様

小雨が降り続いたとある夜。

家に入ろうとした私は目の端で変な物を捉えた。黒い布製の物。雨に打たれ、泥にまみれたグジュグジュの塊。私の家の敷地に半分、道っ縁に半分の割合で落ちていた。

「何だろう？　キモイ。うちの入り口のド真ん中に、困る〜〜！」

それでも、一応、〝物の正体は確かめるべき〟と思い、私は傘をすぼめて、その先っちょで布を触り整えてみる。……と、すぐに「ゲゲゲ〜」と声をあげてしまった。

だってそれは男物の黒いボクサーパンツ……おパンツ様だったのだもの。

緊張が走り、私はしばし固まってしまったが、すぐにおパンツ様のうちへの侵入を阻止しようと、傘の先でそのポジションをずらす。路上にあったように偽装して、大急ぎで家の中へと逃げたのだ。

幸い誰にも見られてはいなかった。でも、だからといってこれで済むわけではない。おパンツ様が益々アスファルトに同化し、ずっとあのままだとどうしよう。

「大体、誰が何のためにうちの前におパンツ様を？」

私は玄関の扉一枚こちら側で立ち尽くし考え込み始める。

「わざと置いた……知らずに落とした……何らかの理由で置き忘れた……」

私が真っ先に考えたのは泥棒の仕業だ。ほら、泥棒は狙う家の前でウンコをしてみるものと、よく言うではないの。人目も気にせず安心してウンコができるような立地なら泥棒に入ってもオッケーということらしいが、コンプライアンスを気にしがちな今の時代、〝ウンコ〟ではなく〝パンツ〟に変えてみたんじゃあるまいか。

次に疑わしきは私のような銭湯マニア。お風呂セットの袋などから、何かの拍子におパンツ様を落としてしまったとか。マラソンをする人のパンツのゴムが切れて知らず知らずに〝股から離れた〟というより現実味があると思う。

そして3つ目の〝置き忘れ〟であるが、実はこれが一番臭いと私は睨《にら》んだ。

工事現場のオッチャンか宅配の青年！

あちこちでやっているいろんな工事の最中、オッチャン達は私物のリュックや私服、靴などをその辺の電柱にひっかけたりしている。電柱周辺はあたかもオッチャンの休憩室のごとし。宅配の青年達もしかり。蒸し暑い中での仕事ゆえ、路上でTシャツを着替える姿はしょっちゅう目撃されるものだもの。

私は色々と推理した上で、「これは不用意におパンツ様を処分したら不味いわね。しばらく我慢しなくっちゃ」と自分に言い聞かせた次第だ。

そんな理由でおパンツ様は今も路上にいらっしゃる。せめて木の枝か電柱にひっかけてあげようかと思うが、そこはやっぱりおパンツ様なだけに憚《はばか》られるのでありました。

刺激的な夜のタクシー

降りしきる雨の表参道でタクシーを拾った。

行き先を告げ、目の前の動画広告タブレットをオフにする。

私はいつも後部座席の左側に座るので、いやでもあの広告が目に飛び込んできてしまう。一節によれば、機械が勝手にお客の性別や年代を識別して、その人に適合するものを流す……なんて噂もある。

セレモニーホールや墓地のセールスばかりだと一層むかつくと思っていたが、けっこうOLさん向けのものがリフレインされ内心ホッとすることも。いやいやそれでも目の前で同じものを繰り返されることにはウンザリだ。それゆえ乗ると、シートベルトをするなり映像を消してしまうのだ。

今夜は車内に静寂が訪れたそんなタイミングで、運転手さんが話しかけてこられた。

「お客さん、高速はいいのかな？」

「はい、下で」

「……今さぁ、妙な若い子乗せちゃって」

「えっ？　妙な……女の子ですか？」

「うん。たった今。神戸まで行ってくれって言うんですよ」

運転手さんは初老だがガタイが良く、その声もハッキリされていた。

「へぇ、神戸へ。まだ新幹線あるのにね」

「若者だから不安でしょ？　〝お客さん、お金あるの？〟って聞いたのよぉ。そしたら現金はないけどカードがあるから大丈夫って」

「そっかぁ、カード払いかぁ……」

「こっちも今時、夜はサッパリだし、ガソリンは満タンだし。正直オイシイ話なわけで」

「キャ〜、何時間かかるの？」

「まぁ、13時間ほどかねぇ。……〝そんじゃあ〟ってんで、東名高速に乗りかけたんですよ。そしたらその女の子、〝やっぱり、さっき乗った元の場所に戻って〟って言うんだもの」

「ええ⁉ 忘れ物？ それとも気が変わっちゃったのかなぁ。で、どうしたんですか？」

「仕方ないよね。原宿まで戻ったさぁ。……ところが、メーター止めようとしたら再び！」

「ええ？ 何、何、何？」

「またまた、〝運転手さん、やっぱり神戸へ行ってください〟って言ったのよぉ～」

「ヒ～エ～～、怖い～～～」

私はこの会話の次に、運転手さんが「それでね、お客さん、その女の子は、振り返って見たらこんな顔だったんですよぉ」と言いつつ私に〝のっぺらぼう〟や〝口裂け〟の顔を向けてきたら何としよう……なんて馬鹿げた妄想まで抱いてしまい、震え上がった。

運転手さんはもう迷わず女の子の申し出をお断りして、カード支払いの後、降りてもらったとのことだった。

こんな雨の夜に、さぞ薄気味悪かったであろう。だからその直後に乗った私のようなオバサンに、話さずにはいられなかったのだ。

新幹線の終電が過ぎると、名古屋や京都まで、というお客さんは時々あるそうだ。高額を支払ってでも急いで行くべき理由が皆さんにあるようだけれども、とも付け加えられた。

いずれにせよ、タブレットを消すと、こんな刺激的な話が聞けることもある。私はちょっと得した気分になったのでありました。

〝短気は損よ〟と言えたらなぁ

はなはだ個人的なことで恐縮だが、とっても気になっていることがある。

私の友人のマナーに関して……。

友人は、カルチャーセンターでとある分野の講師を務めたりもしている、私立大学の非常勤講師という肩書きの人だ。

優秀で親切で、しかも美しい。一見、非の打ち所がない完璧な女性に思えるのだけれども、ここにきて「オットー〜!?」と意外に感じることが起きているのだ。

それは電話の切り方だ。会話が終わった途端、素早く切れてしまう。

「じゃあねぇ〜」「うん、またね」とフィニッシュの挨拶時に、自分の「じゃあねぇ〜」が終わるや否や、ブチッと切って……。

いや、別にかまやしない。本当に親しい間柄なのだから、今さら感じが悪いもヘッタクレもない。

ただ少々心配になるのは、ブチッと切れるタイミングが以前にも増して早くなっている点なのだ。私の「うん、またね」なんか途切れたっていい。問題は彼女自身が発する「じゃあねぇ～」が声半ばで消えてしまう傾向にあること。「じゃあ」ブチッや「じゃ」ブチッ……はまだOK。しかし、「じ」ブチッ……はいけないと思う。

一体、彼女に何が起きているのだろうと、私は考えている。

恐らく歳をとるにつれて、せっかちになっているのではなかろうか。頭の回転が速すぎて、私との会話が終盤にさしかかるや否や、もう別のことを考えていて、さよならの挨拶時にはそれが勝ってしまうゆえの行動かもしれぬ。

もちろん、悪気がないのは重々承知。しかしながら、私以外の多くの人にも同じ態度をとっているとしたら、それは不味いと思う。友達たるもの、注意すべきではないかと悩んでいるところなのだ。

かく言う私もかなりのせっかちで、それが年々酷くなるきらいがある。もうオバサンなのだから、オットリゆったりするべきなのに、どうも先を急いでしまいがちだ。

例えば、ドアを閉めるのを急ぎすぎて指を挟んだり、踵《かかと》をぶつけてしまったり。最悪なのは食事中……。がっついて食べたり早食いしすぎて、口の中へ食べ物を運ぶ箸を抜く前に、その箸ごと噛んでしまうことがしばしば。

長年の撮影隊の早食いの習慣とはいえ、お恥ずかしい。食事こそ、ゆったりよく噛んでいただくべきなのに。本当に私も反省しきりである。

昔、『赤サギちゃんに気をつけて』（第11回ＡＴＰ賞優秀賞）で演出していただいた龍至政美《りゅうしまさみ》監督に注意されたものである。

「どうも色気が足りないね。もっと優雅に見えなくっちゃあ。いいかい、今日から、『ハイ』は1回。『ハイハイ』は急いて見えるからダメ！　さらに『ハイ』の前にかならず『あ』を付けて。『あ、ハイ』！　ほら優雅でしょ？」

人生も下り坂にさしかかり、そろそろ優雅でありたいと感じる今日この頃なのであります。

お久し振りね人間ドック

久し振りに人間ドックを受診した。

前回は2019年。4年半振りだ。それまでは1年半から2年おきに都内の大学病院に行っていたが、コロナ禍であまり病院に近づかない方が賢明かと用心していた。

いまだに感染症は終息していないことは分かっているものの、さすがにそっちばかりを気にして、肝心の本体がガタガタになっていたのでは元も子もない。

「ああ、私、きっとあちこち悪いわよねぇ。こんなオバサンなのに4年半もチェックしてないなんて。どうしよう。怖いなぁ」

不吉なことは考えたくなかった。でも、ついつい俯き加減になっていたせいか、いきなり身体検査で身長が2センチも縮んでいた。

「157……8……ですね」

「嘘ッ、そんなに小さく？　もう一度お願いします」

猫背を正し、ピンと背筋を伸ばせば、１６０という数字が。４年半前と変わらなかった。様々な検査が進み、結果がその場で分かるものに対しては、いちいち「ヤッタ〜、ホッ、ホッ」とオーバーに胸を撫で下ろしてばかりとなるのだった。

今回、検査に来て、以前と大きく変わったと感じたことが二つある。

一つは、院内の医療機器がピカピカの最新型のものに変わった点。もう一つは、それを扱う臨床検査技師の皆さんがすっかり若返っちゃった点だ。オジサンが多かった印象だったのに、若くてほっそりしたお姉さんばかり。

男性諸氏はきっと嬉しいに違いないと思うけど、私みたいなオバサン達はどうだろう。正直言って、「若い娘、大丈夫だろうね⁉」と、経験の浅さをビクビクと腹のうちで探ってしまうカンジ。

私は胃内視鏡の検査室に入って、とても動揺してしまった。だって全員が超可愛くってキャピキャピしてて、何つうか、サークル活動みたいな華やぎをキャッチしてしまったのだから。口からの内視鏡挿入を希望した私がゲホゲホむせ返ると、「は～い、大きく鼻から息を吸って口から吐いて～。そうそう大丈夫ですよ、ヨダレは吐き出してくださ～い。そんなカンジ～」とスコブル優しい声が。若い娘に背中をヨシヨシと撫で続けられて、オバサンはもの凄く申し訳ない気持ちになった。

さて、そんな中、ただ一人！　私と同じくらいの年格好のオバサン技師にホッと救われたものである。呼吸機能検査の担当のお方。

胃内視鏡検査の後で、私のお腹にはガスが溜まりまくっており、油断するとゲップやオナラが出てしまう状態の中、執り行われた。

「もっともっと大きく吸って……吸って吸ってぇ～～。はい！　一気に吐いて吐いて吐いて、全部よ、全部～～、吐いてぇ～～～」

お腹のガスが爆発しそうになる。……けれど、彼女なら笑って許してくれるに違いないと、思わせてくれる。とっても安心で、無心にこの身を委ねたものでありました。

不吉な友達って？

〝ほぼ皆既月食〟だった満月の夜、友人A子が電話をかけてきた。

私は仕事から戻ったばかりだったので、目はギンギンに冴えており、真っ昼間のようなトーンの声を張る。

「あっ、元気な声ね。良かった。これではらえるかもしれない！」

「はらえる……って何さ？　お祓いの意味？」

不安そうな彼女の暗い声がにわかに明るく変化したので、その答えを聞かずとも何が言いたいのか理解した。

「どうしたの？　怖い映画でもやってたの？　ミステリーものを読んでたとか？」

私が何を祓いたかったのかを続けて尋ねると、A子は「不吉な友達」とキッパリ言った。

〝不吉な友達〟って何だろう⁉……今度はこちらの方が不安になり気分が曇ってしまう。

「ツキのない友達がいるの？」

「そうじゃないの。こっちのツキが逃げてしまうの。その女性と接触すると。……言っちゃあいけないと思うけど、本当にロクなことがないんですもの。昔はとっても仲が良かったのよ。しょっちゅう連《つる》んで遊んでた。でも、会うとその後、しばらくいいことないの。大切な物を紛失したり、体調崩したり、失恋したり、仕事がパアになったり……」

「まさか、その友達と関係ないことでしょ？」

「もちろん、彼女が私に何かするわけじゃない。けれど、次第に気が付き始めたの。会った後に悪い知らせがあることに。……バイオリズムが狂うのか、はたまた相性がヤバイほど悪いのよ。きっとね」

A子はその〝不吉な友達〟とだんだん会わなくなり、彼女の存在を今では忘れるくらいになっていたというのだ。それが突然見知らぬナンバーの電話が鳴り、思わず取ってしまって……。

「昔の仲間に携帯の番号を聞いたみたい。明日早いからって言って切っちゃった。次からはもう電話に出ないつもり」

A子は私に説明しているのか、はたまた自分自身に言い聞かせているのか、判然としない様子で電話口で言いきるのだった。

A子のこの態度、男性には理解されないかもしれぬが、女性には時々ある心の状態だ。

縁起をかつぐのと同じレベルのもので、不吉な因縁を断ち切る行為だ。もちろん、不吉な因縁を感じるのは〝ただ何となく〟もあれば〝統計的に見て、十中八九悪い結果に〟という場合もある。

A子以外にも、人ではなく〝場所がダメ〟という女性はけっこういるものだ。

うちの事務所のふぐママ社長なぞは新宿御苑辺りが苦手でめったに近付かない。過去にその辺で始まった仕事で何度もとても苦労したというのがその理由。

私も以前はそんな場所が都内にわずかにあった。行くとなぜか高熱が出るのだ。乳児の知恵熱みたく突然発熱するけれど、離れればすっかり下がる。若いうちはそんな自分自身がちょっと不気味に思えてならなかった。

「大丈夫。自己暗示にかかってるのよ」

私はそう考えることで呪縛が解け、苦手意識も発熱も消し去ったのではあるけれど……。不思議なものです。

大好きだった大雪

冬になると思い出す光景がある。

そう、ちょうど今頃の時期。今年よりも、もっともっと夥《おびただ》しい雪が、私の故郷富山では降った。

私の実家は山村部ではなく、１００メートルも走れば富山湾が望める、国道沿いの商店街にあった。昔はそこを松尾芭蕉が歩いたとか、参勤交代の一行が通ったとか、年寄り達はやたらとその街を自慢話の種にしたものと記憶する。

〝銀座通り〟という名前こそ付いていないけれど、確かに私が子供の頃までは、その通りが市の中心街の一つであった。銀行も郵便局も銭湯も医院や美容室も、八百屋さんも魚屋さんも肉屋さんもあり、洋品店や文具・おもちゃ店、時計・貴金属店、料理屋や寿司屋も多く、少し行けばホタルイカの観光船の乗り場や映画館もあった。

どこへ行かずとも全てがそこにあり、我が街はいつも人で溢《あふ》れていた。

さて、そんな街がこの冬場になると真っ白い雪で覆われてしまった。今でこそ県全域に融雪装置が配備されているけれど、当時はそんなものなんかありゃしない。日々の雪を道路脇の小さな川に流すものの、何日も降り続いたり屋根の雪下ろしをし始めると、そんな方法は何の役にも立たなくなった。

自然に通りの路面が積雪で高くなり、みるみるどの店も家も、1階が雪で埋もれてしまうのであった。ただ、こうなると私達子供は楽しくって仕方がないのである。何だか違う街になったようで。

私の家も荒物《あらもの》の卸売や畳を作ったり、塩やタバコの専売物販売をしていたので、商売のために雪の階段をこさえてお客さんに対応していた。もう車やオートバイ、自転車の類は完全にアウト。全て背中に背負ったり、ソリに載せた箱を使って用を足していたっけ……。

それでも私達が冬の暮らしに困らなかったのは、あの小さな街の中に、取り敢えず生活に必要なものが詰まっていたから。

街全体が大きなかまくらの中にスッポリ包まれているカンジで、私達はその中でぬくぬく幸せに冬眠している気分だった。

「ねえねえ、もっともっと雪降って、あの階段が使えなくなったら、学校休んでもいいがけ?」

私はよく、止むことのない大粒の雪を眺めながら祖母や母に聞いた。

しかし、2人とも決まって苦笑いを浮かべて首を横に振る。「な〜〜ん、もっと雪の酷い村からも皆来るんやから、絶対に休んだらダメやちゃ。2階から出してあげっから」と言う。

そして本当にいよいよの時には2階の窓が玄関にと変わり、そこから戸板を渡して、すっかり高くなった雪の道へと飛び出して学校へ向かうのであった。

何とも原始的な雪の日々であったが、今想えばあんな楽しいことはなかったと胸がいっぱいになるのであります。

お若いのにねぇ♡

日々のボンヤリした生活の中にも、ハッとさせられることがあるものだ。

買い物に立ち寄った隣町のお豆腐屋さんでのことだ。

おぼろ豆腐やお揚げ、豆乳などを買うと、若いご主人が「それでは合わせて635円となります」とにこやかに……。そうか、635円ならば1135円を渡して500円玉をもらおうと思い、私は1000円札の上に100円玉と10円玉3個、5円玉を1個載っけてトレー皿を差し出した。

まず、品物が渡され、さらにそのトレー皿の上に400円（100円玉4個）が戻ってきた。「あれ？　おつりが……」と首を傾《かし》げ、「400円って、私1135円を……」と続けるが、最後まで声にせず途中で言葉を呑み込んだ。そして、「あっ、いいんです。何でもない何でもない。きっと私がボケてたのね」と、自分を全否定した。

100円で若いご主人とひと悶着を起こすのが嫌だったことに加え、近頃けっこうやらかす自分自身の〝ボケ〟が気になっていたからだ。

もちろん、今回は〝おつりを500円玉で欲しい〟とこだわって支払ったので間違いはないはずだった。しかし、それでも「オバハンのボケ」と思われてしまうのがオチという気持ちになり、引いてしまったというわけである。つまり、自信に満ち溢れて何につけても強気だった季節はとうに過ぎて、熟年期の出口に立つ私にも年寄りの〝遠慮〟や〝悲哀〟みたいなものが芽生え始めているのかもしれない。

私はお愛想笑いを浮かべて100円玉4個を受け取ろうと手を伸ばした。

と、そこにである。若いご主人の方が声をあげた。

「ちょ、ちょっと待ってください。僕が……僕が……、あっ、あっ、あっ、待って」

と。

急に慌てた様子になり、窓口から姿を消したかと思うと横の扉が開いて、中から現れた。

「ごめんなさい、こちらの間違いです」

「いえいえ、いいの。多分私がボケてて」

「そうじゃないんです。……これ見て！　ほら、このザルの中を」

彼が手に持っていたのはブルーのバケツとその中に入れていた湯切り用の手提げザルであった。

「コロナ禍だから、実はいただいた小銭をこのザルに入れて消毒してるんです」

そう説明されて見てみると、確かに私が支払ったばかりの小銭の分、１３５円がザルの中に入っていた。

「すみませんねぇ。10円玉に１００円玉が隠れて35円しか見えなかったんです、きっと。ちゃんとこうして確認すればよかったのに。本当にごめんなさい。じゃあ５００円、お返ししますね」

まさかのザルの登場に驚き、私は「エーッ」と目を丸くした。さすが町一番のお豆腐屋さん！　お若いのに、その細やかな心配りに嬉しくなったものである。

この水筒に何入れる？

コロナ禍が続く中、抗体検査をして万全の注意をはらいつつ旅番組のロケへ出発。「ああ、九州はいつ振りかしら〜。去年は飛行機、2回しか乗ってないし……」早朝からテンション上がりまくり！　革のコートに革のハンチングとビシッと決めて、珍しくブランドものの鞄も提げたりして。そしてさらに登場させたものがある。つい最近買った水筒だ。

『コレド室町テラス』の雑貨店でひと目惚れした小振りのもの。ブロンズゴールドのステンレス製でゴムの補助底がたっぷり巻いてあり、Ⓗのマークが高級感を醸し出している。ウフフ、「ひょっとしてそれ、エル○ス⁉」なんて目を丸くする人がいるくらい。定価4000円台でもちろん〃エル○ス〃ではないけど。

実は、撮影現場にやって来る女優達の多くが水筒を持っている。誰もがスコブルお洒落なやつを。多分中身は美容や喉に良い秘密の飲料が入っているに決まってる。私は長らく彼女らのそれを横目で盗み見して羨ましく思ってきたのだ。

私は旅立つ前夜に荷作りするうち、その水筒に何を入れようかと迷いに迷った。「ローズマリーやレモングラスのお肌に効くハーブティ。いえいえ、今はやっぱり免疫力アップのお茶よね。チャーガ茶がいいかしら」

私は悩んだ末に板藍根《ばんらんこん》という中国茶を旅のお供に選んだ。抗菌・抗ウイルスで、多種のグラム陰性・陽性の細菌を抑制するとの効能。あくまでも健康補助食品。顆粒状になっているので、お湯さえあればどこでも水筒に詰められる。味もスコブル優しいし、やっぱり板藍根がいい。……私は遠足前夜の小学生気分にひたるのだった。

ところが翌朝――。空港の手荷物検査場で検査員に呼び止められてしまう。

「お客様、鞄の中を拝見します」と言われ、私は自信満々に「ハイハイどうぞ」と中を開ける。出来たてホヤホヤの私の絵本『会いたくて会いたくて』をこれみよがしにトレーの上に置き、さらに手帳や抗菌グッズ、そして例の水筒を取り出した。

「こちら水筒ですね」

「そっか、ペットボトルチェックの機械に水筒もかけるのね。どうぞ～」

水筒と『会いたくて会いたくて』が人目に触れて、内心私は嬉しい。が……。

「水筒の中身は何ですか？」

「えっ？　……お茶の一種ですけど、身体にいいの」

「蓋を開けて、それを飲んでみせて！」

検査員の目がギラッと光った。それはまるで薬物を取り締まる麻薬取締官、怖い～。

何も疚《やま》しくなんかないのに私は動揺した。手がちょっぴり震える。蓋を慌てて開けて、熱いのを我慢してグビグビ飲んだ。水筒に口をつけて。あ～、アチチチチ。

「ハイ、もういいです。そんなに飲まなくったって。なくなっちゃいますよ」

検査員は容疑が晴れた被疑者を労《いたわ》るかのような優しい口調になった。

「一体、何が入ってたら捕まるんだろう？」

思わず聞きかけたが、それは次回にしようと自制し、私は旅立つのであった。

眠れぬあなたに朗報です

それは田舎の友人A子達とお茶をしている時の雑談に端を発し、かしましく……。

「ねぇ、今度、みんなで山の方の古い湯治場に行かない？　ひなびた旅館でダラダラしたい〜〜」

「じゃあ、K鉱泉はこの間行ったからT鉱泉なんてどう？」

私が提案すると、B子がひきつった声をあげる。

「そっか、シゲちゃん知らんもんね。Tは随分昔に潰れて廃墟になっとる。ネットで心霊スポット扱いされて……。だって、肝試しに行った19歳の女の子達がそこで消息を絶ったって噂になったから……」

富山では知らない人がいない大ニュース。行方不明として迷宮入りした25年前の事件が1年前に進展があった。何と県内の海中から車ごと発見されたのである。

「ああ、そうだった……。聞いてるよ、その事件。気の毒にね。何でそんなことになったのか？　T鉱泉って、私達が子供の頃、よくおばあちゃんに連れられて遊びに行ったよね。のどかな温泉だったのに」

今は住人も減り、サル除けに飼う犬の方が人間の数より多いと聞く。

何だか寂しくなった。……と、ここで、A子が急に映画の話題を振ってきたのだ。

「町の噂だけど、ホラー映画のロケ隊が駅前で色々調査しとるってよ。多分、私が不眠症を治すのに観ちゃった映画のシリーズじゃないかなぁ。……樹海村がどうしたこうしたとかいうホラーの」

地元で撮影が始まるかもしれぬことに「へェ～」となったが、それ以上にA子の不眠の方に興味が傾いた。

「ちょっと待って、眠れないの？　しかもホラー映画で治すって、何ィ？」

私はすぐに疑問を口にする。するとA子は自嘲の笑いを漏らして……。

「私、羊を数えたり寝酒を飲んだり、不眠改善チョコを食べてみたり……。そんな時に何かで読んだの、ホラー観たら眠れるって」

A子は映画館の前を通りかかり、そのポスターを目にして「そうだ！」と思ったそうだ。その昔、高野悦子著の『二十歳の原点』という本が私達のひと回り上の世代で流行った。映画にもなったので、おませな少女達はあの〝旅に出よう〟の詩をこっそり口遊《くちずさ》んだものだった。ひょっとしてA子もそうだったのかも。〝富士山の原始林を彷徨《さまよ》う詩を思い出し、映画に引っぱられたのかもしれぬ。

「で、どうだったの？　眠れたの？」

すると――。

「それがぁ、見事に！　その晩はグッスリ。でも、不思議やわぁ。映画の中身は何も覚えとらんかったよ。樹海の景色しかね……」

一種のショック療法なのだろうか？　普通は怖くて眠れなくなりそうなのに……。

でも良い方法が見つかって何よりだ。今後はうちにあるホラーやオカルトのDVDをA子に貸し出そうと思う。

オバサンの心のイガイガ！

梅雨が明け、太陽がパワーアップしているカンジ。
電力消費量をなるべく抑えようとスーパーなども余分な灯りを消したりしていると
ころも多いよう。
するど、たちまち起こるトラブルもある。
「今やスーパーぐらいしかないのよ、小銭をせっせと使える場所が。なのに、暗いと
ね、数えるのに手間取っちゃうの。ノロノロしてると後ろの順番待ちの人達やレジ係
さんがイラついてんのが伝わってくる。殺伐として嫌な時代に入っちゃったわ」
かく言うのは、喫茶店で涼んでいる見知らぬオバサンだ。オバサンは、自分の前に
座るお仲間にずっと愚痴をこぼしている。声が大きくて、聞きたくなくともハッキリ
全部聞こえるのだから仕方がない。

私は私の友人と、やっぱり電力を抑えるべき時間帯に、待ち合わせてアイスコーヒーを飲んでいる。

しょっちゅうお茶をしているので、大して話すこともない。私は台本を覚えているし、彼女は週刊誌をパラパラめくっている。

つまり、けっこう暇な私達に隣のオバサンの世間話が伝染してしまった格好だ。

「私なんか、この間もっと酷い目にあったわ」

「エエ～？　スーパーで？」

「ううん、ドラッグストアで」

「ポイントつけてくんなかったとか？」

「違う！　尿漏れパッドよぉ」

「うっそぉ、漏れちゃうの？」

「アタシじゃなくて、姑よぉ。出掛ける時に心配だからって、買ってくれって」

「そうね。トイレ見つかんないとヤバイよねぇ」

「私もアイスショー見に行く時、姑のを借りたことも……。だって、ただでさえ体が冷える上に、トイレが長蛇の列だもの」

「で、一体何が酷い目なのよ」

「若いお姉さんの次が私だったの。後ろからボンヤリ彼女の買い物かごを見てたら、男性従業員が手際良くレジを打ち、さらにレジ袋の中へ商品を次々と」

「つまり、彼女はレジ袋買ったのね」

「問題はそこじゃない！　生理用ナプキンが入ってて、それを男がちゃんと茶色い紙袋に包んでテープまで貼って」

「キャ〜〜、分かった。なのにあんたの尿漏れパッドは茶袋なし？」

「だから私のじゃないっつうの。でも向こうは私のって思ったはずよ。超うす型だから生理用ナプキンと大して変わらない大きさなのに……。レジが終わって、ムカムカ腹が立って思わず振り返ったら……もっと……最悪ぅ」

友人の次にレジに向かったのはサラリーマン風の男性で、彼はコンドーム2箱を茶袋に包んでもらっていたそうな。

「酷いでしょ？　オバサンはもう恥ずかしがらないと思ってんのよ」

「可笑しいけど、酷いね。こうなったらデパートで買うっきゃないわね。あそこは一つ一つ丁寧よね、まだ今も」

いつの間にか私達の声のボリュームがお隣さんを凌駕し、あからさまな失笑を買っていることに気が付くのであった。

えっと〜、それ何処に捨てましょう？

寝そべって数独をしていたら、つけっ放しのテレビから妙なニュースが耳に入ってきた。

「用水路に乾電池不法投棄容疑で23歳の男を逮捕……、1・5リットルのペットボトルに使用済み単3乾電池を大量に詰め……用水路に捨てれば流れて行くと思ったと供述……」

〝大量ってどんだけ？〞と視線を画面に移し、私は注目。そして驚いた。

京都府福知山市の用水路で見つかったのは乾電池100本入りペットボトルが20本！　2022年5月以降約2000本の使用済み乾電池が捨てられていたのだ。

「ヒェ〜、そんなに電池使うんなら充電して繰り返し使えるヤツにすれば良かったのに〜」と、首を傾げたら、画面の中のアナウンサーが「容疑者の自宅は電力会社からの送電が停止されており、乾電池からの電力だけで生活していた模様」と続けて報じた。

つまり、充電なんてそもそもできなかったわけなのねぇ〜。でも、そんなに大量の乾電池を買うお金があるなら電気代を払えそうなもんだけど。……やっぱりよく分からぬ事件だ。

ただ気になったのは、この〝不法投棄〟という言葉だ。近頃、やたらと聞くものだから。

「町からゴミ箱が消えたのって、いつの頃からだっけ？」

私は数独を投げ置き、ちょっと考えてみる。異臭騒ぎやテロ対策……不審物を入れられぬように……つまり、オウム真理教事件か、あるいは9・11のアメリカ同時多発テロ事件辺りからだったかもしれない。路上のゴミ箱や灰皿どころか、公園や公共施設からも……いや、一時は駅構内のゴミ箱だって封鎖されていたっけ。そして同じ頃からゴミの分別が厳しく叫ばれるようになったかもしれぬ。

容疑者の23歳の男は、まず、自分の地域のゴミの分別について、ちゃんと理解ができておらず、乾電池が可燃か不燃か、はたまた資源ゴミなのか分からず、〝ひょっとして危険物だったら何としよう〟と思ったのかもしれぬ。

たまたま午後に家電の修理にやって来た電気屋のお兄さんに、この際だから私も色々確認することにした。

「ねぇねぇ、昔ってさ、使用済み乾電池って電気屋さんに捨ててもらってたっけねぇ?」

「あのね、1990年以前の乾電池には水銀が含まれてたからね、昔は電池はかならず電気屋に持ってってって、そこで処分って規則だったたねぇ」

「今は、不燃ゴミの日にビニール袋に入れて出しちゃって……いいのよね。あと、蛍光灯はどうなの? 私、実はお宅じゃないスーパーの近くの電気屋さんに持ってってってるけど」

「よく、バリバリ割って捨てる人がいますけど、蛍光灯は最初に入ってた紙ケースに入れて捨ててくださいな、不燃ゴミの日に」

「ああ、それでいいのね。じゃあ、バッテリーや、充電式電池は？」

「あのね、有害物や危険物は購入店かメーカーか、専門業者に処分を頼まないと」

「それって基本、有料なのかなあ？　ああ、やっぱ買う時に、捨てる時のことも考えとかなきゃよね」

私は年下のお兄さんに対して、どんどん小学生レベルの質問を重ねていくのであった。

京都の23歳君にもお兄さんのような人がいたらよかったのに……。正直そう思ってしまった。

真夜中の歌声

先日、ＮＨＫで、財津和夫さんのＴＵＬＩＰラストツアーに密着するドキュメンタリー『僕の〝最後の歌〟を届けたい』を観た。

財津さんのこれまでのアーティスト活動を振り返るとともに、デビュー50年の節目に行われているラストツアーの様子が映し出されていた。

大好きな『青春の影』や『心の旅』が流れると、それまで寝っころがっていた体を起こし、惹きつけられて画面に見入ったものだ。

学生時代の〝旅のしおり〟にはかならずチューリップの歌詞が載っていた。ブームが去ってヒットチャートで見掛けなくなっても、夜汽車に乗れば『心の旅』のメロディーが頭に浮かんでいたし、くじけた心を引き摺り一人夜道を彷徨いながら、『青春の影』を口遊んだものだった。

テレビ画面に時々映し出される会場の客席は長年のファンで埋め尽くされていた。誰もが自分の青春時代や、人生でのかけがえのなかった時間を振り返っているような表情。全身全霊で歌に聴き入っているように思えた。

中でも印象的だったのは、終盤、財津さんの歌声が突然震え、泣きそうになるのを必死に堪えられた場面だ。

曲が終わると財津さんは、「自分が感傷的になっていたわけではなく、涙ぐんでおられる女性の姿が僕の目の中に飛び込んできて……そうしたら我慢できなくなって……」とファンの皆さんに詫びておられた。

そうだ。皆、同じ気持ち……。私も画面のこちら側でこみ上げてくる涙を抑えきれず、一緒に泣いたものであった。

さて、それから4日ほどして——。

銀座のおでん屋さんで、たまたま隣のテーブルに座ったOLさんが同じ番組の話題を口にし、それがこちらに漏れ聞こえてきた。

「この間、夜中にチューリップのラストツアーの番組観たの」

「私も観た。……一人で夜中に泣いちゃった」

「うん……泣くよね……やっぱり……」

私はチラリと2人を窺う。私と似たような年格好。上等なスーツを着て、バリバリのキャリアウーマンのようにお見受けした。

「ウフフ、一瞬で昔に戻っちゃうわよね」

「前の夫にプロポーズされたのが、会社の宴会の席だった。彼が『青春の影』を歌って、〝自分の大きな夢を追うことが～♪　今までの僕の仕事だったけど～　君を幸せにするそれこそが～♪　これからの僕の生きる～～　……京子さん幸せにします!!〟……てね」

「ヤダ～、盛り上がるぅ～。断れないじゃないよねぇ～」

「そおよぉ、弾みでOKして……ウフフ、若かった～」

若かりし頃の苦い思い出のようだったが、その女性はひどく懐かしそうに、「あいつ元気かしら……。一度ぐらい連絡してみようかなぁ」と、ちょっぴり優しい声にもなられたものだった。

財津さんの歌声を聴きながら彼女のような心境になった人がどれほど多かっただろうか⁉

時間が過ぎてもあの歌声がずっと私の耳の底に残っている。

冬到来！　私の一生モノの登場です

夏から、秋を素っ飛ばして一気に冬がやって来た。

時折やけに気温が高くなったり、ジメジメする日もあるものだから、ずっと真夏の寝具で横になっていたが、もう限界！「やっぱ毛布出そうや」と自分に言い聞かせる。

長袖パジャマを着、綿毛布にくるまれば、ほのぼの暖かい。身体が伸びて解放されたせいか、寄り添ってきた猫のタマ共々、久し振りにグッスリ眠った。

「ヒャ〜、9時間ノンストップで爆睡！　朝起きた時にあちこち固まってたのは寒さのせいだったのかあ」

私はタオルケットは疎《おろ》か大判バスタオルなんかを脇に引っ掛けたままにしていたことを反省し、様子を見て、さらに「いよいよ冬のお楽しみ毛布を出すかなぁ」と思う。

だって私には宝物の毛布があって、それにくるまるのを毎年待ち望んでいるのだから。

あれは十数年前、新宿のデパートの毛布売り場でのことだ。

それまで法事や婚礼などのお返しや引き出物でもらった毛布を使っていた私だったが、何となく毛布売り場に足を踏み入れてみたのだ。

驚いた！　そのフロアには１００万円もする毛布が置いてあるではないの⁉

この目がショーケースの中の毛布に釘付けになっていたら、後ろから店員さんの声が……。「いかがですかぁ～」と。

「す、凄い！　こんな高価な毛布、あ、暖かいですか？」

「そりゃあもう。ポカポカ夢心地でございます」

「これぇ、売れてるんですか？　……誰がぁ？」

「お求めいただいてますよ。退職なさるお父様や、米寿のおじい様のお祝いとか。やはり人生の節目やお目出度《めでた》の時に贈り物として」

「ナルホド～、羨ましいですねぇ」

「お客様、確かにこれは特別の品でございます。でも、寝具……特に毛布は素材・品質の良さで選ばれた方が……。良い物はずっと使えますので。一生それを使おうと計算すると、1日あたりでは案外安いんでございますよ」

店員さんの言葉には説得力があった。毛布を求めるつもりなぞなかった私が、たちまち頭の中に電卓を置き計算を始めてしまう。

……もし100万円の毛布を30年使うなら、1年で約3万3000円……1カ月では約2800円……つまり1年365日使うとしたら1日90円ぽっちで快適安眠かぁ……。確かにおっしゃる通り。快楽には色々あるけれど、年を重ねて一番嬉しいのは熟睡し続けられることかもしれぬ。人間、やっぱり〝腹いっぱい食べてグッスリ眠れば、何とかなるさ〟が何よりも大事。10年後20年後はもっとそこがポイントになってくるに違いないかも〜〜。

そんなふうに考え込んでゆくうちに、私は今持っている有り金をはたいても毛布を買うべきと思ってしまった。

「ここに12〜13万ほどある。12万のこの毛布なら、30年使って……1年で4000円。つまり365日で割れば、1日たったの10円ちょっとかぁ〜〜。こりゃあ安いぞぉ」

正確に言うなら夏は使わないので年のうちの半分だ。つまり1日20円のキャメルの毛布を買い求め、あれからずっと〝一生モノ〟を愛用しているのでありますよ。

ダメダメ、盗撮～！

夕方のニュース。「70代女性から盗撮されたという訴えがあった」と報じた。居間で足の爪を切っていた私はそのケアに集中していたのに、〝70代……盗撮〟という組み合わせに反応して、大きく頭をあげた。

「ええッ？　何～ィ？？　70代の女性がってどういうこと？」

ひょっとして女優の由美かおるさんばりにナイスバディーの人なのかしら？と興味津々。

するとテレビは続けて、「公衆浴場の男湯と女湯の仕切りの上に小型カメラが設置されていることに女性が気付き、盗撮が発覚しました」と語った。が、私はその説明に何だか納得が行かぬ。だって不審物では？と女性が感じたならば、まず番台に座る主に「変な物あるわよ」と言うものであろう。そして主が、「あれ？　あんなのあったっけ?」と、箱を確認し「ドッヒャ〜、何じゃこりゃあ」となり通報だろうに。

ひょっとして銭湯がまだ空《す》いている時間で、写っていた女体は70代の彼女のみだったのだろうか……。

「これはあなた? ……あなたですかな?」

「いや〜ん、これ、私よぉ。ああ恥ずかしい、一生の恥! 私の裸、ネットに流れたり、どこかで売られたかもしれないのね」

「……う〜ん、そうですなぁ。これは明らかに盗撮で、あなたが被害者ということになりますなぁ」

こんなやりとりがあったかなかったかは想像の域を出ない。でも、銭湯での盗撮は、容疑者の狙いとは別に、そこを訪れる人、全てが被害者になり得るわけで他人事ではいられないじゃあないの。幾つになっても裸というトッププライバシーは絶対に守られるべきものなのだから。

さて、実はこの私、つい先日に〝盗撮〟の疑いを抱いて、銭湯の番台のお姉さんに質問を投げかけたばかりだった。

「ねえ、昨晩、ここでビール飲んでた若い女の人。ずっとスマホを脱衣所や浴室に向けて何か操作してたけど……、大丈夫かなぁ？　……盗撮の被害、すごく多いから。〝女だから大丈夫〟はないと思うの。盗撮ビデオは売れるからねぇ」

するとお姉さんは、すぐに「それはすみませんでしたねぇ。スマホ禁止のポスターも貼ってるんですけど……。番台にいたの、私じゃなかったから、その人が誰なのか分かんないですけど。でも、その時間、ビール飲んで帰る女性なら……多分、あの人……。うん、あの人なら大丈夫ですよ、ちゃんとした人ですから」と、優しく返してくれたもの。……しかしながら、こちらは内心穏やかではいられない。だって顔見知りだから心配はいらないと答えるのは、かなり幼稚じゃあなかろうか。

さりとて、この長閑《のどか》な昔ながらの銭湯にはその手の犯罪なんて、まるで無縁のものとしか思えぬのも分かる。だって、お客の3分の2は高齢者なのだから。

「いい齢して盗撮が気になる？」

ハラスメント丸出しのこの一言は絶対に誰も口にはせぬものの、腹の底では反射的に呟いているものじゃあなかろうか？　チッ、むかつくぜ！

皆さんも21秒のチェックを是非とも！

朝、ぼんやりテレビを観ていたら、どこかの大学の先生がキッパリと言われた。「健康な人の尿は21秒」……だって！　しかも体重3キロ以上の哺乳類はその大きさ、男女差にかかわらず、尿が出切るのが同様に〝21秒〟とも付け加えておられた。

これは米国ジョージア工科大学の研究者らが発表した数字で、２０１５年の「イグ・ノーベル賞の物理学賞」を受賞しているというから、確かなことなのだろう。

私はテレビ画面に向かって、「へぇ〜〜〜〜〜」とすんごく長い頷きを示す。だって、この手の下ネタ系トリビアをテレビから知る機会はあまりないからである。

尿や便のことについてはけっこう気になるところだけれど、実際に口に出すのは憚られる。いくら親しい仲でも、「今日のウンコ、何色？」とか「尿の匂いがこんなだった」なんてぇ話はしづらい。せいぜい、「夜中にトイレに起きちゃう？」とか「毎日、快便?」くらいの会話。それも若い頃には話題にも上らなかったっけ。随分オバサンになってから、体調の変化が気になり、皆さんはどうなんだろうと平均値的なものを求めたくなったカンジである。

それでも、より具体的な質問となると、しづらいのが現実。人間ドックの尿や便の検査に異常がなくとも日々変化する色や匂い、形状をさらに詳しく知っておきたいのに……。

実は、尿の泡立ちがとても気になる時があった。糖尿病の傾向はまるでないので原因が分からず不安になり、友人におずおずと尋ねてみた。

「ひょっとしたら、外食で食べた野菜とか、洗剤で洗ってるのかしら。だから泡々に?」

健康マニアの友人は、〝あんまり続くようなら検査を再度! でも、朝イチや運動の直後、汗をたくさんかいた後、さらに水分不足でも泡は立つらしい〟と教えてくれ、私もそれらを意識してタップリ飲むことでじきに改善したのだった。

やっぱり恥ずかしがらず、この手のことも人と会話するのは大切だと思う。それで今回の〝21秒〟に関しても、会う人ごとに「何秒？　教えて」と聞きまくっている。

7割ほどの人々は「そんなに長く出ないよ」と言って心配そうな顔になるが、しっかり眠った朝には「けっこう勢い良く、長々と出たぁ」と嬉しげに連絡をくれたものである。

うちの猫タマ（21歳メス）は現在3・5キロほどなので、一応哺乳類3キロ以上に該当する。それで、彼女がトイレに向かうと、すぐ近くに寄って時間を計ってみる。「う〜ん、7秒かぁ。年寄りだからかなぁ。人間ならば104歳……そんな21秒なんて出ないよねぇ」

今のところ、まだまだ元気そうだが、犬猫の排尿排便は飼い主にとっては簡単に確認できる健康のバロメーターである。

21秒説を知ったからには、タマのトイレに付き合うことが今後増えそうなのでありました。

えッ、まさか、そんなことが……

撮影所のメーキャップルーム。鏡に映る冴えない顔色の自分を見つめ、私はボソリと呟く。

「もう春だし、時間できたらそろそろ人間ドックに行かなきゃなぁ」

すると、それを受けてメイクの香ちゃんが大きく頷いた。「人間ドックは大事です。予約してかならず行ってくださいよ」と。

確かにそうだが、彼女の言葉にはやけに力が籠もっていたので、こちらも思わず聞き返す。「香ちゃんもそろそろ行ってんの、ドックに?」。

「はい。婦人科系がメインのコースに、30歳になった時から2年に一度」

「それは安心ね。更年期が来る前から、自分の体のウィークポイントを知っておくと、少しは改善できるものね」

私は、香ちゃんが自分の健康管理に関して〝やってますよ〟をアピールしたかったのかなと思った。ところがだ。この後、彼女の爆弾発言が飛び出すのである。

「私ね、その初めての人間ドックで、自分が信じて疑うことなんてなかった血液型の誤りを知っちゃったんです」

「血液型？　そりゃあドックに行けば、体重・身長・尿検査と一緒にまずは血液検査からスタートするけど、そこで何が間違ってたって？」

どういうことか意味不明で、私はキョトンとなった。すると——

「私、長年、自分がAB型だって思ってたんです。だって母子手帳にそう書いてあるんだから……。なのに、私、A型だったんですよぉ」

香ちゃんのお母さんはAB型、お父さんがB型、2人のお姉さんがAB型とB型なのだそう。お父さんがBB型でなくBO型ならばAO型……すなわちA型の子供が生まれても不思議はない。しかし、家族の中にA型はおらず、何よりも母子手帳を疑ったりはしないわけで、彼女としては青天の霹靂だったらしい。

「でも何で母子手帳に間違いがあったの？」

「それが乳児の血液型検査が早すぎると、母乳の影響が出ることがあるんですって。母はAB型なので。まさかと驚きですけど、そんな説明を受けました」

長年AB型のつもりでいた香ちゃんのショックは半端なかったという。彼女はAB型をけっこう自慢に思っていたそうなのだ。

誰しも年頃になれば血液型占いなどにハマるもの。そこに記された〝クール〟〝芸術家肌〟〝恋するとテクニシャン〟〝自立心が強く、二面性がある〟に「そうかも～」と納得しまくっていたし、彼氏との血液型相性占いもしっかり熟読していた。おまけに〝AB型友の会〟を学生時代に作りワイワイ盛り上がっていたというから、香ちゃんは「今さら言われても困っちゃう～でしたよぉ」と、話のボルテージが上がる一方であった。

〝30年間AB型と信じて生きてきた日々をどうしてくれよぉ〟だし、〝今でもA型に馴染めない〟という気持ちなのであろう。何とも悩ましいお話なのでありました。

時代遅れが身を守るかも

このエッセイ集でも何度か世の中の急激な変化についていけてない自分の情けなさを告白している。読んでくださっている皆さんはきっと、「ちょっと遅れすぎじゃないか?」と苦笑されているか、「分かるよ、私も」と同調してくださっているか、そのどちらかなのではと思うのだけれど……。

今回の話は、時代遅れでちょっと助かったかもという怖いもの。そしてこれまでの恐怖とは全然違うタイプのもの。おそらく誰が聞いても「私、大丈夫かしら」と困惑してしまうに違いないと思われる。

この春、下北沢の劇場に出演したのだが、これはその稽古場での出来事。

若い俳優君が差し入れのドーナツを頬張る姿を見かけて何となく興味をそそられた。

その子の手がとても白くて美しい。指が細い上にスコブル長く、さらにその指先がポッコリと丸っこいのだ。

「ねぇ、指の先っちょ面白い！　丸くって吸盤が付いてるみたい」と、私は素直に口にした。

するとと近くにいた中年俳優さんが自分の手を反射的にかざした。年の差なのか体格の差なのか分からぬが、中年俳優さんの手はとても小さくて子供のそれのよう。

「ウフフ、2人ともぜんぜん違うね」

「本当だな〜。お前の指、長いなぁ」

「何だかカエルの手みたいよね」

「何っすか〜、カエルって？　僕、カエルなんて言われたことない」

「そうだなぁ、まるでカエルだなぁ」

「アハハ、カエルよカエル、かわいい」

私達はそんなふうに彼の手をいろんな角度から眺めては〝カエル、カエル〟と連発していたものなのだ。

〝事件発生〟はその5分後である。

各人が自分の座席で台本を読み始めた時、若俳優君が突然ギャ～～ッと悲鳴をあげるではないの⁉ 私達は振り返り彼を見る。と、スマホ片手に「コエ～～‼」と絶叫を重ねた。そして私達に手招きをして呼び寄せると、スマホを差し出してきて、「これ、見てくださいよ！」と興奮した声を……。

画面にはどこかのカエルの養殖場が映し出されていて、夥しい数のカエルがゲロゲロ鳴きながらうごめいている。何百何千という数に思えて、寒《さぶ》イボ（鳥肌）が立つほどおぞましい。

「やっぱり、絶対にこいつ聞いてる！ だって僕、今、〝カエル〟なんて何もスマホに入力してないのに、いきなり画面に出てきやがった。最近、よく聞くんですよ。検索もしてないのにSNSなんかに流れる広告って、直前に会話してる内容にまつわるもので、ヤバイって！」

これに似た話でスマホやiPadなどの小さなレンズから使用者のプライバシーが

漏れていると噂されていたりする。

タブレットを一日中アクティブにしておく必要があるため、全ての生活を見たり、会話を聞いたりしているのだとか……。

オバサンの自分には目眩《めまい》がするような話だ。

私はドキドキ焦りまくって「ガラケーは大丈夫よね、ガラケーはぁ⁉」と若俳優君に迫ると、彼の緊迫した顔がようやく緩むのでありました。それにしても怖ッ！ 良かった、ガラケーで‼

私は館長1年生

２０２３年の春より富山県立高志《こし》の国文学館の二代目館長に就任した。

広々とした、とても素敵な施設だ。初代館長は元号〝令和〟を考案した国文学者の中西進さん。万葉集にはまるで疎《うと》い私だが、私は私で自分の得意分野を提案しつつ、文学館の若返りを目指したいと思っている。

そんなわけで、私は変わらず女優業を続けながらも、現在、富山〜東京間をしょっちゅう往復している。

長年あちこちを飛び回っているので、私は移動には慣れており、むしろ移動の道中がスコブル好きだ。女優業、文筆業、そして館長と二刀流ならぬ三刀流となったわけだが、この片道2時間余りの新幹線の移動が自分にとっては少々の息抜きとなったり、頭の中を整理するいい時間になったり、中々に助かっているというわけだ。

さて、これは先日、そんな新幹線で東京に戻ろうと文学館を出たところでの話だ。道路の混雑でタクシーが30分待ちだったゆえ、大きなリュックを背負って表へと駆け出した。しばし行くと、目の先に市電の線路が見えてきた。

「そっかぁ、これに乗ればいいいんじゃないの」

肩が重かった私はホッとなった。……が、まだまだ地理感覚がなく、道路の向こうと手前にある停留所のどちらで待てばよいのかが分からない。

「ヤダ〜、どっちが富山駅方面？　私って方向音痴だから」

私は小走りで手前の停留所に行き、案内の看板をキョロキョロ探す。と、ベンチにオバサンの姿を見つけ、駆け寄っていった。

実は私、分からないことがあると、すぐに人に聞く。いや、これは富山県民の県民性とも言え、私達はすぐに他人に質問してしまうのだ。「あのぉ、何でも聞いてみるがやけど」という枕言葉まで決まっている。県民が皆、使うフレーズなので、ちっとも失礼にあたらないというわけだ。

そこでもちろん、私もオバサンに声を掛けた。

「あのぉ、何でも聞いてみるがやけど、このホームって富山駅行くけ？」と。

ところがオバサンは手元のスマホに夢中で「フン」とか「ウン」とか素っ気ない。

私は取り敢えず小銭の準備だけしておこうとポッケに手を突っ込む。拍子の悪いことに一万円札しかなかった。確か200幾らだったと思うが、果たして万札でお釣りがあるものなのか、今度は心配になる。

「あのぉ、何でも聞いてみるがやけど、一万円札で市電に乗って……お釣りあるかねぇ？」

「フンッ、そんなが聞いたことないわ！」

バシッと言い放たれて、私は「すんません」とペコリおじぎをし、富山駅に向かって歩き出す。

しかしそこになぜか、オバサンの呼び止める声がするのだ。

「あれ？　あんたムロイシゲルさんやないが？　あらあら、館長さんオメデトー。ほんなら私も一緒に駅まで歩くちゃよ」

ぶっきら棒だが親切な見知らぬオバサンから、愛読書の話なんぞを伺いつつ、駅までご一緒した次第。

「何か面白いことしてくれたら文学館行くよ」

新人館長としては嬉しい言葉でありました。

温かな眼差しを送りましょう

春から初夏に向かう今日この頃、あちこちで新人さん達の積極的な活動を目にする。何たって久し振りに世の中が通常の生活に戻ったのだから、職場でも、しばし控えていたことが回り出すのを目の当たりにしているのであろう。

街なかでの研修中のスーツ姿の団体さんばかりか、電車の運転席でも新人女性運転士さんを発見！　ベテランのオジサン運転士殿から指さし確認や声出しを習う姿が初々しく、こちらもホッコリしてしまう。

両国国技館でも、超満員の席にお茶屋の男性がドリンクなどの注文を取りにやって来る。大手を振って飲食ができる今場所から、彼らの人数も俄然増えた。

「お弁当、どんなのがあるの？」と聞くと、「オイラねぇ、今日で5日目の新人なんですわ。ちょっと聞いてきますんで」と、何も把握できてない様子にはちょっと笑ったものだ。

さて、そんなこんなの中、先日は夜の銀座で、見習いドライバー君のタクシーを拾ってしまった。

友人と2人で座席に着いて行き先を告げたところ、帽子をきちんとかぶった若いドライバー君が、後ろを振り返って断りを入れてきた。

「申し訳ありません。私、見習い中で道がよく分かりません。お客様にご案内いただきますが、よろしいでしょうか」と、とても丁寧な口調。

新人君に文句はないが、ちょっとハズレくじを引いた気分になる。だって、こっちはホロ酔いで上機嫌なのだから、車内は私達オバサンにとっては2次会会場のようなもので、お喋りがしたくって仕様がないのだもの。

「え〜、幹線道路も分かんないの？　じゃあ、降りるわね、ゴメンナサ〜イ」

別の車に乗り換えた方が良さそうだと思い、体を動かした時に、助手席にもう一人、座っているのに初めて気がついた。

「あれっ、オジサン……あなたは誰?」

私は目にした状況に驚き、素直に疑問を投げかけた。……すると、「私は見習いドライバーの指導員です」と、けっこう無愛想な声が返ってきて、私の神経にピリッと障った。そして私は黙っていられなくなってしまうのだ。

「やだ、あなた、見習い君の先生なのね。先生なのに、あなたも道を知らないの?」

「……分かりますけど……」

「だったら、あなたが案内しなさいよ。教えてあげんの、そっちの仕事でしょう?お客に頼んでどうすんのよ。料金半額にまけてくれんの?」

「いや……それは……」

「フンッ、冗談よ。けっこう料金高いのよ。ドライブ楽しまなくてどうするの。私はお客よ。あなたが案内しないでどうすんの。ほれ、新人君、あなたの先生に道を聞いて、出発進行よ!」

「申し訳ありませんでした。それでは私、○○交通の△△がお送りいたします。安全のためシートベルト着用のご協力お願いいたします」

新人君は言い終わり、前方後方の確認をしてから料金メーターを入れ、静かに発車させた。

ムッツリ先生の存在を差し引いても余りあるくらいに新人君が感じ良かったので、私達にとっては楽しいナイトドライブになったのでありました。

時代が変わって、一つずつ

先日、友人夫婦と一緒に阿佐ヶ谷にある神明宮《しんめいぐう》に詣でた。夫婦もフリーランスの仕事をしているので、混みそうな休日は避けて、平日の昼に境内で待ち合わせる。

私は少し早めに着き、広々とした〝お伊勢の森〟と称されるこの地をのんびり散策。……するとまああの賑わいがあり、若者の参拝者が多く見られる。しかも男の子同士が楽しげに歩いているではないか!? 中には腕を組んだり手をつないだり、幸せな光景も見られ、時代が変わろうとしているなぁと受け止めたものだ。

時代が変わるといえば、もう一つ。この参拝に際して感じたことがあった。

実は、神明宮は〝人生儀礼の参拝〟の他、全国で唯一行っている〝八難除《よけ》〟というご祈禱《きとう》が、有名な神社なのだ。年齢から来る厄年の災い、方位や地相・家相に起因する災い、因縁から来る災いなどを全て取り除いてもらえるという。何かと因縁の深い友人が、「お前も行った方がいいぜ」と勧めるので、数年前から年に一度だけ連れて行ってもらっているというわけだ。

さて、この日もご祈禱を友人らと共にするため受付にて、自宅住所、氏名、生年月日、お願い事を書き込む用紙を受け取る。

私達は毎年のことゆえ、よく心得ている。お願い事は、身体健全・家内安全・家庭円満・商売繁盛・開運招福・病気平癒・学業成就・良縁祈願・子授祈願・必勝祈願・芸道上達などなど、ありとあらゆることが表になってナンバリングされている。窓口の女性にお金を添えて用紙を戻すのだが、私は毎年ここでひっかかってしまうのだ。

だって私は、「東京都　室井滋」、あとは立身出世と開運招福しか書かないから。そして、かならず窓口の女性から不審げな声が返ってくる。……毎年、ここが少々煩《わずら》わしい。

「室井さん。ちゃんと書かれないと、八難除ができないんですけど」

「あっ、いいの。だって祈禱殿で皆さんの前で個人情報読み上げられるの、怖いんですもの」

祈禱殿では50人ほどをひと組とし、儀式が行われる。宮司さんが皆の住所、氏名、生年月日、願い事をうやうやしく読み上げてくださるというわけ。

ありがたいが、詐欺師なら、あの場で録音テープを回せば、かなりの個人情報を得られることになってしまうではないの！　〝まさか神様の前で〟と思う人もおられるだろうが、私はかなり用心しているゆえ……。

ところがだ。今年、受付女性に一つだけ変化があった。

「あの、ご住所はやはり個人情報ということで、区までしか読み上げないと変更になりました。あなたは区を書くのもお嫌ですか？」なんて聞かれた。

多分、〝何か事件の原因になるんじゃ⁉〟との意見が他にも多くあったに違いない。

私は、「自分はいいんです。心のうちで神様に申し上げておりますので、ご心配なく」と、生意気にならぬよう心してお答えしたのであった。

野際陽子さんとの思い出

6月13日は女優の野際陽子さんの命日だ。早いもので2023年、七回忌となった。仕事仲間の浅野ゆう子さんと一緒に郊外の墓地へお参りに行った。三回忌も2人で、野際さんを偲んだ。

実は野際さん、富山県のご出身だった。

フランス留学のご経験もあった彼女が、飛行機のタラップをミニスカートで颯爽《さっそう》と降りてこられる若かりし頃の映像を拝見したことがあったので、富山の方言で話しかけられた時には、驚きのあまり、私はポカンと口が開いてしまったっけ。『キスより簡単』というフジテレビの連続ドラマで、当時シブがき隊メンバーだったモッくん(本木雅弘)や私の母親役を、子育てが一段落された野際さんが演じられたのだ。

美しく、スコブル垢抜けた彼女が同郷とは信じられぬ気持ちで、私は質問しまくった。「ホントに富山ながですか?」「帰られることあるんですか?」と根掘り葉掘り聞くと、彼女は「3歳までおったがいちゃ〜」とか「婆ちゃん子やったから、よう里帰りしとったちゃ〜」などと、チャーチャー弁をおどけて披露してくださったものだ。

その後、幾度となく共演し、2時間ドラマの『温泉仲居探偵の事件簿』シリーズでは、故郷の宇奈月温泉で女将さんと探偵仲居という間柄を楽しく演じさせてもらった。

野際さんは1週間ほどのロケスケジュールだったけど、なぜか旅館のお部屋には東京から何箱ものダンボールが届いた。

「シゲルちゃん、ちょっとお部屋へ、いらっしゃいな」と呼ばれて伺えば、ニヤニヤしながら箱の蓋をジャーンと開けてくださり……。中を覗いて私はワッと目を瞠《みは》る！だって、そこには、私なぞ見たこともない輸入ものの高級チーズや生ハム、サラミソーセージ、アンチョビやピクルスやキャビア、フランスパンにワインにシャンパン、クッキーやチョコがギッシリ詰まっていたのだもの。

「ウフフ、富山のご馳走はもちろんいただくわいね。でもね、朝とかお夜食とかは、こういうが食べたいちゃ〜ねぇ。ほれ、あんたも食べられぇ」……と。

洗練された野際さんなのに、私のズッコケに合わせて語りかけてくださった。そして、最後にご一緒したのが、年に一度、富山市内のホールで催される志の輔師匠の『越中座』であった。

私の書いた〝女将と仲居コント〟を快く引き受けてくださり、超満員の客席が大いに沸いた。……あれが旅立たれるわずか10カ月前のことだったのだ。

野際さんの体調を唯一知っていたゆう子ちゃんが、なぜかその当日、富山に駆け付けたのを、私は不思議に思った記憶がある。仕事の合間を縫って……。それほどまでに野際さんの体調が不安定であったことを、私は後で知るのだった。

昔懐かしい頃を振り返りながら、私達は野際さんの大好きだったカサブランカを墓前に手向《たむ》けた。

凜と美しい花は在りし日の大女優の姿を彷彿させ、野際さんのお顔が重なって見えたようで、私達はいつまでも佇んでいたのでありました。

真夜中のブローチ君

深夜、富山から最終列車で自宅へ戻った。トランクやらリュックやら紙袋やらを玄関の三和土《たたき》にドスンと下ろす。さらにスニーカーを脱ごうとゴソゴソやっている時だ。

何かが足元で動いた。反射的に目を落とすと、うすだいだい色と茶色の中間ぐらいの色合いの円形の物が落ちている。

「あれ、ブローチ付けてたっけ？」と、私はかがみ込んでそれを見つめる。と、直径5～6センチのブローチがツツツと動き、止まると全身をプクンと膨らませたり、床へペタリと張り付いたり、4回繰り返した。

「何、何？　まるで空飛ぶ円盤の着陸みたいやぜぇ」

人間は本当に驚いた時、自分にとって一番馴染みのある言葉……つまり私の場合は富山弁を発する。まして、ついさっきまで田舎にいて方言バリバリだったゆえ。

「あんたって、クモやないがぁ？」

私はブローチ君に思わずこんな質問を。だって、花びら状に足がたくさん生えている。その中央の円状の部分が盛り上がったりへこんだり。顔の部分かもしれないが目や口は分からない。ミニチュアのタコみたいにも見えるし……。

「そうね。クモほど硬くなさそう。ゴムでできとるみたいなカンジ。ブローチ君は軟体動物なんかなぁ？」

私は真夜中の帰宅でかなりくたびれていた。判断力は鈍っており、加えて恐怖心のようなものも普段より薄れていたに違いない。だって私ったら悲鳴ひとつあげないのだから。

ただ、次の瞬間だ。2階から愛猫タマの鳴き声が聞こえてきて私のおっとりモードは一変した。だってブローチ君が万が一にも、毒グモであったなら何とする!! 我がタマは22歳になる高齢猫だ。人生経験こそ豊富だが、ブローチ君を避けたり、叩いたりが上手《うま》くできるかと私は不安になった。

「ヤバイ！　とにかく、家から出ていってちょうだいよ、ブローチ君」

私は玄関ドアを開け放ち、傘でエイエイとブローチ君を外へと誘導しようとした。

「アンタ、宅配とかの荷物にくっついて入ってきたがでしょ？　ダメやよ。もう家の中に入ってこないで。たのむちゃ～」

私はブローチ君を諭《さと》しながら必死に傘を振る。が、ブローチ君は蒸し暑い外の道は嫌なのか、よりによって玄関脇の下駄箱の下へと潜り込んでしまった。三和土との間に7センチほどの隙間があるのだ。

私は焦る。今度は箒《ほうき》で掃き出そうとしてみるが、ちっとも上手くいかなかった。疲れ弱った頭で次なる手を考える。……もう雪隠詰《せっちんづ》めしかないちゃあと。私は下駄箱のその部分にダンボール紙を貼りつけ、ガムテープで固定しブローチ君を閉じ込めた。

「ブローチ君、堪忍され！　だって、あんた外へ帰ってくれんもんに～～」

心の中で頭をさげたのでありました。

感謝を忘れてはならぬ、5リットル様に

あちこちで狂ったような雨が降りまくる一方、都内では昔じゃあ考えられないような猛暑の日々が続いている。

普段、周囲から心配されてしまうほど水を飲まぬ私でも、さすがに今年の夏はしっかりと飲んでいるもんね。

「〝大人は毎日2リットルの水を飲むべし〟なんて、絶対無理って思ってた。去年までは1日に1リットルも飲めなかったのに、今年は自然に手が伸びちゃう、ペットボトルにさぁ」

私は熱中症にならないよう、少しでも水を飲む習慣をつけるべく、自分自身に日々、言い聞かせている。

さて、そんな中、私としたことが、ついつい妙な質問を〝とある人〟にしてみたく

なり、ポロッと口を開いた。……〝とある人〟とは宅配便の配達員のお兄さんだ。

「いつもありがとう。こんな暑さじゃ、たまんないでしょ？　何回も来なくていいの。お中元、2～3日分ずつ、まとめてでいいわよ。……ところで、一つだけ、お聞きしてもいいかしら。……あなたなんか、1日、どの位のお水を飲まれるものなのかしらねぇ？」……と。

額から滴《したた》り落ちる夥しい汗を見ていて、ついつい聞きたくなったのだ。

「水……まぁ、5リットルほどは飲みますね」

彼は苦笑いを浮かべて答えてくれる。

「ああ……5リットル……そうですか。お大事に」

私は先日、テレビでウーバーイーツの配達員さんが同様に〝5リットル〟と言っておられたのを思い出した。

いずれもリヤカーや自転車での配達で、軽トラなどを使わない。つくづく大変だと思う。ネットの普及、さらにコロナ禍を経て、家庭や会社への宅配が著しく増えた。

私達の暮らしは、宅配関連業者の皆さんのおかげで成り立っていると言える。

そこに、これから大変なことが起こってしまうこと、すでに皆さんもご存じのことと思う。——2024年問題だ。

2024年4月1日より、トラックドライバーさんの時間外労働時間の上限が年間960時間に制限される。それにより、各運送会社に売上や利益の減少が発生し、さらには給料減少によってドライバーの大量離職につながってしまうかもしれないということらしい。

配達は一部地域で「翌日→翌々日」などと変更がなされ、将来的には全国で35％の荷物が運べなくなるとも言われている。

私達にとっては大変便利なサービスで甘えきっているけれど、この2024年問題に泣く日が迫っていると考えておかねばならない。

不便になることを受け入れるのは、なかなか難しいと思う。が、私としては、世の中の全てのテンポがゆっくりの時代に逆戻りすべきでは……とも感じることの多い日々でもある。

何はともあれ、配達員さん達の〝5リットル〟が、これ以上増えないことを願っています。

老後の教訓

赤坂界隈で友達と仕事帰りにお蕎麦屋さんに入った。玉子焼きや焼きネギ、焼き鳥、モズクなどを摘《つま》んでビールをグビグビと……。

「ああ堪らない！　一品一品がこんなに丁寧に調理されてると、自分の身体にとってもいいことをしてあげてるみたい」

「さすがよ、老舗の昔からのお味。……でも、こっからはお上品にノンアルコールビールにしておこうね」

私たちは疲れた体を労ってやろうと、深酒はアッサリ止め、腹八分目を約束した。

さて、２人でそんな具合に言い合っていたら、すぐ隣のテーブルからも似たような言葉が聞こえてくる。

「旨いっすね。やっぱこの天ぷら蕎麦は東京一だ。小盛りでつけ汁ってのがあっさりしてていいや」

「フンッ、蕎麦なら医者も文句なかろうだ！」

年配のオジサン2人。私達と似たようなお料理を食べ終え、締めの天ぷら蕎麦に舌鼓を打っておられる、
がたいが大きく、髪が脂ギッシュなせいか、ギラギラのオジサンに見える。金曜の夜ならクラブのママさん同伴でステーキや焼き肉といった雰囲気の方々なのに……。

私は他人様ながら何となく不自然な印象を受けた。

もちろん、それは一瞬のことで、何もずっとジロジロ見ていたわけではない。

ところが、しばらくして、友人が板ワサを口に運びかけつつ、「ンンッ⁉」と妙な反応を示した。その目は隣のオジサン達を見ている。私もつられて振り返ったのだが……。

彼らは食事を全て終えられ、片方のオジサンは蕎麦湯をグビグビ飲み干し、もう一人は片手をお皿状に形取ると、その中に何やら粒状の物を注意深く積み上げておられ

る。

友人はその力士のような大きい掌に山盛りにした、薬の量に驚いたのだ。

オジサンはビニール袋からひと粒残さず注ぎ切ると、ガバッと大きな口を開いて自身に投げ込む。コップの水をひと口含むと、ゴボッという大きな音を立てて飲み干されたものであった。

私達はしばし沈黙し、何も見なかったように運ばれてきた天ぷら蕎麦を啜《すす》った。

2人が立ち去り、オジサンの整髪料の残り香が漂う中で、友人がポソッと言う。

友「顔面、真っ黒だったよね。日焼けじゃなさそうなのに」

私「うん。すごい薬だったもん。『夜、食後』ってその捨ててったビニール袋に書いてある」

友「ビールもノンアルだったわよ。気の毒にね。肝臓とかあちこち悪いのよ、きっと」

私「ブイブイ言わせてた付けが回ってくるのよね。たくさん飲んで食べすぎて……」

私達だって人のことは言えない。お酒や外食が続くと、さすがに自分の身体が心配になる。そんなお年頃なのだ。

私「私らまだまだ薬のお世話になっちゃいないけど、優しい物を食べようとするものね」

友「そうよ、考えることは一緒よ。消化が良くて少量でも舌が満足するって言ったら、やっぱりこの店だったたってわけね」

たまたま隣り合わせたオジサン達を、老後の教訓のように見つめた晩なのでありました。

トイレのBOX、さて、いかに

2023年4月から館長を務める富山県立高志の国文学館、この夏の目玉企画は、〝しあわせにな～れ！　長谷川義史のえほん展〟だ。

6月半ばのオープニングには長谷川さんに展示用の大きな壁画を描いていただき、楽しいスタートとなった。

全国各地で私達と一緒に〝しげちゃん一座ライブ〟を行う長谷川さんだが、今回は原画展ということでご本人も大変張り切っていらっしゃる。

そんな中、冷や汗ものの事件が起きちゃったらしいのだ。

なかなか興味深い事件が水面下で勃発していたので記しておこう（ここからは長谷川さんを愛称のヨシオと呼ぶ）。

県知事さんや来賓《らいひん》の皆様をお招きして式典が始まる30分前の出来事。

ヨシオは身支度を整え、挨拶の自主練も終え、「ほんじゃあ、一応行っとこ〜」と、お手洗いに駆け込んだ。朝食をしっかり食べたせいか、お腹がゴロゴロ言い出して、「こりゃアカン！」とボックスの方へタッタッタ〜と小走りに……。

便器に腰掛けヤレヤレとなった次の瞬間、ヨシオは大変なものを発見してしまったのだ。「うわぁ〜、やってもうた。どないしょ⁉　こんな大事な時に〜」

彼は足元のコーナーに置かれた銀色の蓋付き容器をキュー〜っと見つめると、頭に血がカ〜っと上ってしまう。なんとそこには大きな文字で〝衛生用品のみ入れてください〟と書かれてあったそうなのだから。

「アカン、僕、女子トイレに入ってもうた。ボーッとしてたんかなぁ？　確か男子って表示見たつもりやったのに。……さあ、どないしょ？　ドアをパッと開けて目にも止まらん速さでダッシュするか、あるいは、女性の方々に〝スンマヘン。間違うたみたいで〟と謝りながら出るか……」

本日の主役である自分が大変な不祥事を起こしてしまったと思って、それはそれは肝が潰れたであろうと思う。

しかしながら、式典が迫る中、「ええいままよ！」と扉を開けたヨシオの目に入ってきたのは、ご婦人方ではなくおじさま方の姿だったという。……つまり、ヨシオは女子トイレと間違ったわけではなかったということである。

本人より話を聞き、式典後に私がこっそり男子トイレをチェックに行った。

いやいやありました〜。銀色のサニタリーボックス（女子トイレと同じ物）が。

担当職員に尋ねたところ、「館長、今時はね、男性トイレにも置くんですよ。ほら、子供さん連れのパパがおむつを捨てたり、高齢者のかたの尿漏れパッドとかも捨てる場所が必要でしょ？」とのこと。

さらに言うなら災害対策の汚物入れとしてや、トランスジェンダーへの配慮から、導入の必要性が高まっているとのことのよう。つまり、〝うちは意識高い系なんですよ〟と職員さんは胸を張ってみせたのでありました。

ヨシオ、そんな理由《ワケ》で〜す！

第2章 女優じゃあダメですか？

あのオーディションをもう一度

先日、初めての仕事先で、打ち合わせやカメラテストをしてもらった。

私は2021年でデビュー40年になったけれど、幾つになっても〝初めての相手〟にはとても緊張する。年上ばかりだった監督がいつの間にか年下にと変化はあるものの、「私で大丈夫かしら」という気持ちは終生消えることはないのかもしれない。

今でこそオーディションや面接試験の類《たぐい》はなくなったが、新人の頃はしょっちゅうであった。ひょっとしたら、今でも生じるこの緊張は、あの頃の様々な記憶がトラウマのようになって私の中に根付いているからかもしれぬ。

「何か自分の特技を一つ披露してください」とプロデューサーから言われ、5〜6人並んだ新人女優達が歌を唄ったり、詩の朗読をする中、私はパントマイムやオリジナルの変わった踊りを必死に舞い、失笑を買うことがよくあった。

ちっともオーディションにパスしない私に、当時の女性マネージャーがちょっとした作戦を練ったことも。

「ムロイちゃん、麻雀できる？　早稲田には雀荘いっぱいあるから、先輩に教えてもらっといてちょうだいよ」

かく言う彼女の言葉に、私はてっきり雀荘の店員の役でもあるのかと思い、1週間ほどでルールや役を覚え、「できます。何とか」と報告をした。すると10日ほど後、「日曜日、午後からうちでオーディションだから」という連絡が……。

私はおめかしして訪ねる。と、アパートのマネージャーの部屋には炬燵の上に麻雀牌《パイ》が並べられ、サングラスをかけたオジサンが2人。煙草を燻《くゆ》らせ、ウイスキーを飲んでおられた。

「この子が早稲田で自主映画に出てるムロイです。……こちら監督さんにプロデューサーさんよ。ご挨拶なさいな」

そんな合図で麻雀開始！　私としては一体何がオーディションなのか分からぬまま、

目の前の牌を切っていくのであった。当然のことながらボロボロに負けるわけだが、その2~3週間後、小さな小さな役が付いて衣装合わせに出掛けると、件《くだん》のサングラスのオジサン達がディレクターズチェアに座ってニンマリ笑われるではないか⁉

さらにその後も、月1~2回のペースで「ムロイちゃん、今週オーディション」と呼ばれ、ボロ負けの後、撮影というパターンが続いた。

さすがに「なぜ、普通のオーディションじゃあないんですか?」とある日、問うてみると、マネージャーからはこんな答えが……。

「あんたみたいなタイプは短い時間じゃ良さが分かってもらえないから。それに勝負事は人間の本性が丸出しになるからいいのよ。噛めば噛むほど、スルメみたいに味が出るあんたなんだから、麻雀オーディションが一番だわ」

今にして思うと、彼女のあの言葉が身に沁《し》みて涙がこぼれてしまう。

昨今の若く美しい女優さんには信じがたいオーディションではあったろうが、私にとっては大切な原点なのでありました。

夏のビール祭り

私の友人に大酒飲みがいる。私自身も女優になって早々に〝日本酒大賞奨励賞〟なるものをいただいているので、人のことは言えぬ口ではあるが、その2人の男は本当に凄いと思う。

〝浴びるように飲む〟とはあのことだ。モノは9割5分がビール! 中肉中背のあの身体のどこに入っていくのかと不思議になるほどの飲みっぷりである。

2人とも友人の旦那で、皆で民宿に行った折、そこのビールを飲み尽くし、自販機の中までカラッポにしたという武勇伝まである人々。

以下にそんな〝ビール大好きなオジサン達〟のパワフルな夏物語をご紹介したい。

この暑すぎた夏の夕暮れに、彼らは仕事を終えて歩いていた。焼けつくアスファルトの照り返しに汗がポタポタたれてくる中、オジサン2人はほぼ同時に同じモノに注

目！　畑の向こうにはためいている幟《のぼり》に『生ビール祭り　サイズもUP、何杯飲んでも1杯190円』と書いてあるではないか⁉

「おい、見ろよ、あの幟」

「うん、見てるよ。やるなぁ、1杯190円かぁ」

「今夜はあそこに決まりだな」

2人はニカッと笑い合い、『ステーキハウスⓂ』に向かってギューンと右に曲がった。

『ステーキハウスⓂ』はソースが美味しいと評判のお店だ。全国にチェーン展開する大手ゆえ、ビール祭りがやれるということなのであろう。彼らはその夜、互いにステーキをつまみに、1杯190円のヒエヒエのビールをしこたま飲んでご満悦だったらしい。

そしてさらに数日後。同じような時間帯にやっぱり2人でⓂの前を通りかかると、今度はビール祭りの内容が少々変わっていた。

「おい、クーポン券でビール1杯100円だぞ」

「クーポン券、この間もらったぞ。行くか！」

2人は真っすぐ店の中へ。すると前回以上に大きなジョッキが登場し、彼らは急ピッチで飲み始める。何とクーポン券は1杯で回収されるのではなく、たった1枚で無制限に使える方式だったのだから。

そして、まさかの3回目である。幟がいつの間にか『生ビール中ジョッキ2時間飲み放題・390円』に切り替わり、やはりオジサン2人は吸い込まれるようにしてⓂに入っていくのであった。

「なぁ、何だか申し訳ないから、今日はステーキにサラダバーも付けようぜ」

「よし分かった。俺、この飲み放題って言葉を見ると、身体の芯がピリピリ疼《うず》きやがる」

2人にはⓂがこの夏の天国のような存在になっているとの自覚が芽生え始めていた。

そして夏が終わるとともに各種ビール祭りも終了したが、オジサン2人はⓂに足を向けずにはいられなくなってしまったのである。

「俺らってビールをバケツほどの量、飲むじゃんか。ホントにありがたかったなぁ」

「正規の値段の時に行かなきゃ罰があたるってもんだなぁ。行こうぜ、Ⓜに！」

話の結末を聞き、私はⓂ店に軍配をあげた。

夏のサービスで凄い客を2人もゲットなさったわけでありました。

GO!GO!朝乃山

2カ月に15日のお楽しみ！　それはお相撲だ。
もちろん、郷土の星、朝乃山を、私も体を張って応援しているというわけ。
体を張っているというのは具体的には2パターン。
①テレビ画面に向かって大声で声援を送ること、②朝乃山登場の10分ほど前（彼が花道に姿を現すその時）から、こちらも四股《しこ》を踏んで準備運動をする……である。
富山のご老人、特におばあちゃま達は体を張るのとは逆の〝精神統一〟という応援の手法をとられる。つまり、テレビ画面に真っすぐ向き合って正座し、両手を合わせて合掌のポーズを開始。まるで滝に打たれているような厳しい表情。そして、「はっけよい、のこった〜〜」と行司の掛け声が聞こえるや否や、その手で自分の目をパッと塞いでしまわれるのだ。

せっかくの取組をなぜ⁉　と思われるでしょ？……いやいや、おばあちゃま達は恐ろしくて正視できないの。

「どうけ？　朝乃山、勝ったけ？　どうけ？　ええ〜〜⁇　あっ勝ったぁ？　かぁ、いかったちゃ〜〜、ああ、やんばいや」

周辺の人々に勝敗を確認し、ようやく目隠しの手を下ろされるのである。そして、そういうおばあちゃま達は、富山弁で言うところの〝あっかり（安心）〟となった状態で、朝乃山の今日の取組を何回も何回もリプレイして観られるというわけ。

朝乃山の根強い人気はさることながら、毎日放送中に紹介される『動画再生ランキング』が常にベスト1〜2位なのは、ひとえに富山の目隠しバアチャンのお蔭なのでは⁉と、私は勝手に推測している。

さて、2024年春場所の朝乃山の一番の大取組は、何と言っても尊富士との一戦だった。青森県出身の尊富士の強さには誰もが圧倒された。何たって前相撲の初土俵から初優勝までの所要場所数10は史上最速（2位の貴花田が24場所、照ノ富士25場所、白鵬が9位で32場所）……その若武者・尊富士との対戦が組まれていたのだ。

私はその日、絵本ライブのため北海道・帯広におり、テレビの前で四股踏み祈願もできぬまま宿泊するビジネスホテルに着いた。眠りにつこうとしたその時、フッと
「そうだ、朝乃山、どうしたろう」と目を開いた。

「でもなぁ、尊富士とだもんなぁ。今場所、スレスレな感じで、ようやく勝ち越したんだもんね。ちょっと無理かなぁ。でも、負けてても観ておくか、今後のために！」

いやいや、私が研究してどうするだが、ファンとはそういうものじゃあないの。

私は起き上がってｉＰａｄを開き、今日の取組結果をチェックした。

すると、どうだ⁉　大変なことが起きていた。

何と、我らが朝乃山が若武者を寄り切って、勝っちゃっているではないか‼

「キャ〜、スンゲ〜〜！　やるなぁ朝乃山。すごいよ。やっぱ強いじゃん。も〜〜、嬉しい〜〜‼」

私は真夜中に小さな部屋で一人絶叫し、動画を20回も再生したのでありました。

地震が来る少し前、何とか！

元日の悪夢から1週間が経った。

いつもなら、〝お正月に食べたお節料理が旨かった、不味かった〟だの、〝初詣で面白い参拝客を見かけた〟だのと呑気に書いているところだが、2024年は事情が違う。

あの日の夕刻に発生した能登地方を震源とするマグニチュード7・6の巨大地震のせいだ。

私の地元、富山も大きく揺れた。

まさか日本海側で⁉と目を疑う津波の警報まで出された。

すわ、海近のうちの実家も水没かと焦りまくった。

いや、私んちなんて仏壇や家具が水没するだけで、家族はとうに旅立っており命を落とす者はいない。

それよりも、私は友人、知人が心配で、NHKアナウンサーの絶叫に被せるようにして〝高台へ逃げて〟と電話をかけまくった。

富山県内の津波は予測の3メートルには至らなかったものの、能登の志賀町では4・2メートルもの津波が押し寄せている。

本当に何ということだろう。

あの時に、友人が電話口で小声で呟いた言葉が、時間が経った今も私の胸に残っている。

「今ね、避難所。心配かけるね。……こんなん私ら初めてやわ。……ところでさ、こんな時に不謹慎なこと言うけど……。私ね、大晦日、昨日の夕陽が目に焼き付いて離れんがよ。今までに見たことないくらいの美しさやった。私、見惚《みと》れてしまって、ず〜っと海の方を眺めとったもんやちゃ。いつもと違うほどきれいやなんて、やっぱり〝おかしい〟って思うべきなががかもしれんねぇ」

彼女は震える声でそう言ったのだ。

真っ赤な夕焼けや赤い月が大地震の前触れというのはよく聞く話だ。私自身、若い頃から地震に対する恐怖心が人一倍強く、何とか前兆現象をいち早くキャッチすることができぬものかと、地震雲の研究本を読み耽ってきた。大昔の奈良市長が本の中に名言を残しておられる。

それは、「天は地の鏡」という言葉だ。

おそらく今回の能登半島地震でも〝あの前日、飛行機雲みたいのがクッキリ出てた〟とか〝井戸の水が急に増えた〟とか〝カラスが真夜中も異様に騒ぎ立ててた〟などという自然界のちょっとした異変の報告が今後続々とあちこちから出てくると思う。

事実、ここ数年、富山湾や能登半島沖では深海でしか棲息しないリュウグウノツカイという深海魚が時折打ち上げられたり定期網にかかったりしていた。

間違いなく前兆現象だと思う。人間とは違うセンサーを持つ動植物が、私達の気付かぬ異変を伝えてくれていると思うべきだ。

2004年にスマトラ島沖大地震が起きた時、津波の痕跡からはスマトラゾウの死骸が一頭も出てこなかったことから、当時、〝象は地震が起こる少し前に、安全な場所へ逃げたのでは⁉〟との報道があった。

地震の予知がまだまだ叶わぬのなら、せめてこうした現象に目や耳を傾けるしかないのではなかろうか……。

自分のアンテナを働かせ、地震の前兆をしっかりキャッチすることが重要だと感じた次第であります。

私って、女優？　俳優？

　地元富山でのイベントのリハーサル中、司会の女性が私に小声で質問をしてこられた。

「あのぉ、何でも聞いてみるがですけど、今って、皆さんご紹介する時に『女優の○○さん』とか『女優さん達に歌ってもらいましょう』なんて言うたらダメなんですか」と。

「はぁ？　何のことけ？？」と私は首を傾げる。すると……。

「ゲストの女優さんから、『あのね、今ってね、私達、女優って肩書きじゃあないらしいの。ＮＨＫでも〝俳優〟というふうにご紹介いただくのよ。私は女優なんだけど、世間一般にそうなっちゃってるみたいで……。ゴメンネ～』ってご注意いただいたがいちゃあ～。それって、本当ですか？　いつからそうなっとんがですか？　田舎の放送局じゃあ誰も気にしとらんもんやからぁ、私、びっくりしてしもうて……」と、畳み掛けられて。

そうなのだ。私もずっと気になっていたのだけど、もう3～4年前辺りから、テレビに出演しても、雑誌のインタビューを受けても、新聞に記事が載っても、肩書きが〝俳優〟になることが増えてきた。俳優は女優と男優の総称と理解していたものの、これまで実際には〝女性の演者は女優、男性の演者は俳優〟と呼ぶのが普通だった。よって、「俳優の室井滋さん、どうぞ～」などと紹介されると、どうしても頭の中に〝オトコ!?〟というイメージが湧いてしまうのである。

ジェンダーフリーの影響とのことだが、正直言って、今さらそんなことを言われても困るのだ。ずっとずっと社会で必要とされる様々な書類の職業欄には〝女優〟と書いてきた。税務署の確定申告にも〝女優〟だったのに。

「もう少しでこの世とおさらばするかもしんないんだから、いいじゃないの、死ぬまで女優のままで。いろんな賞ももらったのに。主演女優賞とか助演女優賞とか、楯やトロフィー、賞状に大きく書いてあるじゃん！　どうすんのあれ？　しかも私、『女優の箪笥』っていう本まで出してんのに〜〜」

考えるほどに、いろんな矛盾を感じてしまう。

例えば、『少年法』という法律の「少年」には当然未成年の女子が含まれるが、それでも少女を少年とは今後も呼ぶことはないであろうと思うのだもの。

私としては、過去を振り返れば、女優の肩書きに助けられたことが多々あるのだ。名前が女性としては珍しいので、出演作品が増えても、なかなか顔と名前を一致してもらえなかったが、映画評論やテレビコラムの中で〝女優・室井滋〟と載ることで、「ムロイって女なんだ！」「あの女優が室井滋なんだね」と認知してもらった。

それに、私のような地味な人間には、〝女優〟という肩書きはスコブル派手で格好良く感じられたっけ。

「〝女優〟はね、女が優しいって書くの。優しい気持ちを大切にして演じたいです」

昔はよく、インタビューでそう答えていたものでもありました。

老後の資金をどないしましょ？

先日、大学のゼミ仲間と、早稲田の居酒屋で飲み会を。……遅い新年会のようなもので集まった。

しょっちゅう会っているので、まったく懐かしくはない。「最近、どうしてんの」的なカンジで、肴を摘み酒を飲む。

この日は〝老後のお金の話〟で盛り上がった。

何と、参加者8人のうち6人が株の取引に熱中しているというじゃない。

株のことなぞ何も分からぬ私は、すっかり蚊帳《かや》の外に置かれていたが、「NISAくらい、そろそろ始めてみっかなぁ」と思っていたので、勉強のために皆の話に耳を傾けていたものだ。

「おい、ヒロシの奴、新聞社をとっくに辞めて田舎に帰っていやがる。この前電話したんだよ。〝お前、何やってんの？〟って聞いたら、〝とっても人間らしい生活を〟だってさ。畑やって、魚釣りに行って、地域の文化交流会に参加して、悠々自適だって」

誰かがヒロシの話題を口にし、彼に電話を入れたのだ。もしかしてヒロシも、と思ったら、果たしてヒロシの生活の〝種〟は投資であった。

退職金や年金をあてにする生活では先細るのが目に見えているため、熱心に株をやっているというのだ。

スマホを皆で回し、久し振りの声を懐かしむ間もなく、集まっている仲間の中で一番〝株〟に詳しいススムが、ずっと投資の相談を受ける格好となった。

故郷に戻って、何か仕事を探すわけでもなく預金を元にして株で老後の資金を稼ごうなんて、私としては考えられぬ博打である。何だか心配で、私も皆に聞いてみた。

「ねえ、株ってそんなに儲かるの？　日経平均史上最高値って大騒ぎしてるけど、そんなに凄いことなの？　熊本にできた台湾の半導体の会社がきっかけでしょ？　……

となると、世界中が半導体関連株を求めるんでしょ？　それでどう儲かるの？　分かんない」と、ついつい子供っぽい口調で……。

実は私、若い頃、某証券会社の投資信託に手を出し、酷い目にあったことがあるのだ。

遠縁のおばさんに〝うちの娘が就職したから、ヨロシクね〟と頼まれて、お金を預けたら、2年後には元本割れどころか、半分になってしまった。私は、その手のものにはリスクがあることを理解していなかったのだ。

もちろん、私がアホだっただけ。しかしショックが大きくて忘れられない。その後、いくら上手いことを言われても絶対に誘いには乗らなくなったというわけ。

「でもさ、〝NISA〟はどうなの？　何たって、国があんなに勧めるんだから。リスクはないんでしょ？」

すると瞬時に全員が私を笑った。

〝株は長期にわたって、上がり下がりを辛抱して持ち続け、最終的にけっこう儲かったね〟……ぐらいに考えておくべきだという意見だった。

「にわかでやってもロクなことないぜ」

「お前にはババア女優の道があるだろ。死ぬまで頑張れよ」

「一体いくつで死ぬのか、こっから先何が起こるのか分かんない世の中で、それでも株って面白いなぁと思う者がやるものなのさ」

そんな具合に諭されて、私のＮＩＳＡデビューは簡単にぽしゃるのでありました。

嫌な春だねぇ

今年は何だか変だ。

雪が降ったかと思えば急に初夏のような強い日差しが照りつけたり。大雨、強風、さらには大量の花粉も飛び散っている模様だ。

そんな具合に陽気が定まらないせいなのか、私達人間も情緒不安定に陥りがちに思える。

というのも……。

朝、コンビニで順番待ちしていたら、すぐ前で支払いをする女性のお財布から、タクシーのレシートがヒラヒラ床に落ちた。

本人が拾う様子はなし。気が付いていないのだなと思って、私が手を伸ばした。

「これ、落ちましたよ」

すると彼女は私を一瞥し、レシートを引っ手繰《たく》るように取り上げるじゃあないの⁉ 怒ってるみたいな怖い顔。「ありがとう」という言葉はかすかにも聞こえてこない。

となると、こちらは嫌な気分。それでも拾ったのは私の勝手でしたことゆえ、感謝なぞされなくとも、それは致し方のないことだ。私は少々不愉快ではあったが、何もなかったように自分の気持ちを収めた。

ところが、その夕方である。

地方へ向かうため、東京駅にて新幹線に乗ろうとする直前、私は駅構内のトイレに入ったのだが、そこで再び似たようなことに遭遇してしまう。

トイレを使用した後、洗面所待ちをして並んでいたら、目の前で手を洗っていた女性が自分の脇にはさんでいたハンカチを床へ落っことしてしまったのだ。

朝の人よりも、少し中年っぽいカンジ。彼女もまるで気付いていないのか振り向きもしない。

「ありゃ、ありゃ、ありゃ〜〜。どうしよう」

これは私の心の声だ。

午前中にむかついたあの女性の顔が脳裏に浮かんだ。でも、トイレという場所が場所だけに一刻も早くハンカチを拾ってあげないと、雑菌がどんどんハンカチの表面に広がってしまうんじゃあないかしら。……仕方なく私は指先で摘み上げた。

「あのぉ、ハンカチが脇から落ちましたよ」

後ろからオズオズと女性に声を掛ける。

すると、どうだ！

彼女ときたら、キュッと振り向きハンカチを見るなり、その眉間に深く皺を寄せ、よりによって「チッ」と舌打ちしたのである。

至極、腹が立った。しかしながら、私としては本日2度目の災いだったので、わずかながら耐性のようなものができていた。

それで、彼女の舌打ちに合わせて、こちらも「チッ」と舌打ちを鸚鵡《おうむ》返しして差し上げたわけだ。

彼女は目をカッと見開き、眉をつり上げて「エエ⁉」と声を漏らす。

私はカンハツ入れず、もう一度、「これ、あなたのでしょ？」と摘んだハンカチを今度は振ってみせた。

ハンカチは毟《むし》り取られたものの、結局この女性からも「ありがとう」はなし！

「おお、嫌な春だねぇ」

私はちょっぴり声に出してそう呟いた。

別にお礼はいいけどさぁ……

私の所属事務所が入居している赤坂の大型ビル。古いけれど24時間警備が行き届き、ホテル形式でフロントもある。

不在の宅配便やら郵便物、書類や台本などの届け物もしっかり預かってもらえ、日々本当に助かっている。

先日、フロント前のロビーで仕事相手と打ち合わせを済ませ立ち上がった際、その人の椅子の下にお財布のようなものが落ちているのに気が付いた。

私は「あれっ？」と言いつつ、すぐさま彼女に差し出す。黒のレザー。小ぶりでファスナーが付いているので男女兼用の製品に見えた。

しかしながら「私のじゃないわ」と首を横に振るゆえ、私は真っすぐフロントの女性スタッフに届けたのだ。

「これ、そこの椅子の下に落ちてましたよ」と手渡すと、「あらまあ、すみません。私どもが気付かなくて」といつもながら感じの良い対応だった。

さて、3～4日して再びフロント前を通りかかった折、フロントの女性から声を掛けられた。

「ムロイさ～ん、先日の黒のお財布、お蔭様で落とし主、見つかりましたよ」

「そうですか、そりゃあ良かったぁ」

こういう時に常駐のフロントがあると、何百という世帯の会社や事務所は助かるなぁと実感！　……ところが……。「それでね、落としたの男性だったんですけど、是非ムロイさんに～」と言いかけたところで、私としたことが満面の笑みがこぼれた。

さてはその男性、拾ってくれた人に是非お礼を！　と言ってこられたのではあるまいか⁉︎　お礼のクッキーとか煎餅、否、ひょっとして些少ですがと現金や商品券なんてぇこともある。

ついつい話の流れからそんな想像をしてしまうが、もちろんお礼なんて受け取れない。すぐさま彼女に向かって「そんなぁ、いいんです。当たり前のことをしたまで」と辞退の言葉を口に……。と、同じタイミングで彼女が言った。

「ウフフ、是非ムロイさんにサインお願いしたいって。私が、ムロイさんが拾ってくださったのって言っちゃったから。大ファンなんだって」と。

私は正直、〝え？　え？　ええ〜⁉〟と心のうちで疑問と拍子抜けの〝え？〟を連発してしまう。だって、それじゃあ拾った人間が落とし主に〝あげるばっかし〟になるではないの。

いやいや、こんなミミッチイ感想が浮かんだのはほんの数秒だ。当然サインもＯＫしたし。ただ、この時同時に行きつけの居酒屋の大将の顔が浮かんでしまった。３カ月前に大将がボヤいていたっけ。

「なぁ、交番に落とし物を拾って届けると、お礼の権利って、どんくらい有効なのかなぁ？」

大将は店の前で財布を拾い、それがお客のものなのか通行人のものか判断しかねて交番に届けたそうな。財布の中には現金15万円ほどとクレジットカード類が入っており、すぐに落とし主も見つかった。なのにお礼の電話一つないとムッスリするのだった。

「いやぁ、5～20%のお礼なんて、どうでもいいさ。でも相手は相当助かったはずだよ。お礼がてらに一杯呑みに来たっていいじゃんか」

大将は、新しい時代に礼儀や人情がますます失われなきゃいいけれど、と言って「オイラ、心配！」と苦笑いを浮かべたものだった。

トイレから出て、さあ変身

喫茶店の洗面所から友人が戻って席に着くと、私に向かって両手を合わせ拝むような素振りを見せた。

「ヤダ、何よ」とこちらが尋ねると、彼女は目元をほころばせ、「だってシゲルのこと、観音様だって」などと言う。

何だろう？　意味不明。

「トイレの壁に書いてあったから」と友人は付け加えて、一人で頷いたりする。

私は、ひょっとして通りすがりに入ったこの店のマスターが自分を気に入ってくださっていて、映画かCMのポスターにでも〝僕の観音様〟なんて書いておられるのでは!?……なあんて大いに自惚《うぬぼ》れてしまった。そして確認したくなり思わず席を立ちかけたのだが……。

友人「相田みつをよ」

私「えっ？　相田みつを……詩人で書家の？」

友人「そうよ、トイレの壁に彼の言葉がびっしり貼ってある。その中に、『どんなぐちでも気持ちよく聞いてくれる人　その人はあなたにとって　大事な観音様』ってあったから」

私「なんだ、それで拝んでくれちゃったの」

あらぬ想像をした自分が恥ずかしくて、私は顔が火照るのを誤魔化すように続ける。

私「私、昔、『にんげんだもの』っていうスペシャルドラマで〝みつをの母〟を演じてるから、けっこう詳しいわよ」

友人「他にも、『あんなにしてやったのに〝のに〟がつくとぐちが出る』なんてのもあった」

彼女が私を呼び出して相談している事柄の答えを、〝みつをの言葉〟から得ているのかもと思えた。

友人「フフフ、凄いのよ。『うばい合えば足らぬ　わけ合えばあまる　みつを』……なんて、うちの相談の話を見透かされてるみたい。もうイジイジ考えるのよそうって気分になってきちゃったわ」

さすがみつを様！　私なんかがアドバイスするより覿面《てきめん》の効果があったよう。

彼女の心の変化を目の当たりにし、感服するとともに、トイレという個室についても改めて考えさせられた。どこにいようとも、それまでの行動を中断して一服する場所。もしかしてその時にチラリと目にするものには、様々な開眼効果や感情の変化をもたらす力があるのかもしれぬと……。

先日も、富山の桜木町の居酒屋さんを訪れた時に、深夜ながら壁紙を見て腹の底から笑い、いっぺんに一日の疲れが吹っ飛んだものだ。

『18歳と81歳の違い――〃笑点〃より』は以下の通り！

〃恋に溺れるのが18歳　風呂で溺れるのが81歳〃

〃偏差値が気になるのが18歳　血糖値が気になるのが81歳〃

〝自分探しの旅をしているのが18歳　出かけたまま、わからなくなって皆が探しているのが81歳〝

それらは人気長寿番組の大ファンの店主が、疲れたお客さんの心を和ませようとしての、愛情の貼り紙だと思った。

そう。トイレの貼り紙一枚で〝人生が好転〝なんていうヒトコマが、あちらこちらで見られるものかもしれぬと感じ入った次第だ。

今も寝て待ってます

〝果報は寝て待て〟ということわざがある。

皆さんご存じの通り、〝人事を尽くしたのであれば、あとは焦らずにゆったりと待てばよし。前世での行いが正しければ、かならずや現世で幸運に恵まれるであろう〟という意味である。

〝家宝は寝て待て〟と書くのは誤りであるけれど、私は子供の頃、大好きな祖母が呟くのをこちらの意味あいとして捉えていた。

なぜなら祖母が眠る時に、自分の枕の上にかならず一枚の半紙を敷いたものだから。彼女は普段、髪を襟足の辺りで小さくおだんごに結っており、まとめるのに椿油を使っていた。それゆえ、「油が直接に枕カバーにくっつかんように一枚紙をはさむんやちゃ」と説明もしてくれていたのだが、ある日からこれにプラスして妙なことをやり始めたのだ。

「なあなあシゲちゃん、夏休みの宿題も全部キチンと終えたし、ご褒美がきっと神様から届くと思うんや。せっかくやから欲しい物を言うてみられ」

「う〜ん、レーシングカーと、ヘアバンドと水玉のワンピース……かなぁ」

「ヒャハハハ、そんなに欲しいもんがあるが？　欲ばりやねぇ。ばあちゃんは秋になったら毛糸のチョッキが欲しいちゃ。食べたい物はお寿司と松茸の土瓶蒸し」

「ふ〜ん、私は……オムライスとホットケーキ……あとチョコレートパフェも」

祖母はそんなふうに私の気持ちをさんざん盛りあげた上で、自分と同じ半紙を取り出してみせた。

「いいけぇ〜、欲しい物、食べたい物をこの紙に書かれ！　うす〜く鉛筆で。誰にも見せたらダメやぞ。こっそり頭の下に敷いて寝るんよ。〝家宝は寝て待て〟ってね。昔から皆、こっそりこうしたもんやちゃ」

「カホウ……ネテマテ……？」

「そう。〝家宝は寝て待て〟〝待てば海路の日和あり〟ってね～」

祖母は調子良くことわざを諳《そら》んじながら、半紙にサラサラ願い事を書いて枕の上にのせ、自分の頭でサンドイッチにしてみせる。蛍光灯から長く伸ばした紐を引き電気を消しても、暗闇の中でそのフレーズをリフレインするのであった。

さて数日後、秋の学期を迎えたある日、私はスコブル驚いた。私の枕元にはレーシングカーこそなかったが、新品の水玉のワンピースとヘアバンドがキチッと置かれてあったのだから。

私は当然、欲しい物ができると、この〝半紙のお願い〟をするようになった。祖母からは「何か頑張らんと、そんなにしょっちゅうは神様も無理やちゃあ」と釘を刺されたりもしながら……。

さて、〝家宝〟が〝果報〟と知る大人になっても、私はあのおまじないを心の奥の方で信じたままである。

もちろん、私にこっそり品々を与えてくれる父や母、祖母はとっくにいない。それでも私は枕元に〝お願いノート〟なるものを置き、鉛筆書きで薄く自分の願い事をしたためるのだ。

願いが叶う叶わないよりも、時折そんな夜に夢の中に祖母が現れるのが何よりもの喜びなのである。

真面目気質とバスレッスン

秋晴れの土曜日、故郷富山にてトークショー出演の折のこと。

昼食にとてもゴージャスな料亭弁当をいただき、化粧途中の私は大いに盛り上がる。

「やっぱり違うちゃ〜、海の幸、山の幸がギッシリ。ご飯もツヤツヤ。なら、さっそく」と、お箸をお刺身へと真っすぐ運ぶ。……すると「コラッ」と甲高い声とともにペチンという小さなパンチが私の手に飛んできた。

その主は地元の超人気アナウンサー、〝富山の吉永小百合〟こと鍋田恭子さんだ。

「なあんダメダメ！　食べられんよ、お刺身なんて。出演前に生モノ食べて、万が一のことあったらどうすんが？」

「アナ…アニ？……サキスとか？　まさかこんな新鮮なキトキトの魚に。せめて甘エビを」

私は彼女の隙をついて名物の甘エビをツルンと口の中へ入れるのであった。

もったいないので他のお刺身はメイクさんに食べてもらったが、それにしても〝吉永〟さんのプロ意識には頭が下がった。

彼女とはKNB（北日本放送）ラジオ『室井滋のそいがそいがザイゴながが』で一緒に出演している。他にもステージなどの司会で多忙な日々、どんな点に注意しているのか聞いてみた。

「そうやねぇ、タバコは絶対にNO！ 喉《のど》に悪いから他人の煙も気を付けとる。お酒は好きでも乾杯てえど、睡眠をしっかり摂って疲れを翌日に残さない。夏も冬もお腹と足は温めて、シルクの腹巻きを愛用しとるんよ。あと、20年間毎朝、どこにいようとも熱い緑茶を欠かさない。起きてすぐに飲んどるねぇ」

〝吉永〟さんはスコブル面白いのに、とっても真面目な人なのだ。

20年1日も欠かさぬお茶やシルク腹巻きは、アナウンサーとしての自覚が身に染み付いている証し。〝仕事に穴をあけず、全力でやりとげる努力を惜しまぬ〟という富山県人気質が彼女から滲《にじ》み出ているなあとつくづく思ったものだった。

さて、彼女のように富山県人がいかに真面目かという逸話を一つご紹介しよう。

今は変わりつつあるようだが、以前県内の県立高校には修学旅行がなかった。その理由は〝飲酒〟〝不純異性交遊〟など良くないことを避けたいからと噂されたが、その真意は知らない。

注目すべきは中学校の修学旅行だ。中学はどこの学校でも実施され、私も奈良・京都、箱根・東京と周遊した。

友達との初めての遠出は嬉しくて夢心地だったが、ここにも県人の真面目さの隠し味があった。そう、旅に出る前にいろんな練習をさせられていたのである。

班長を決め点呼の練習や、旅行先での規則の暗唱。トラブル発生を想定しての問答など。さらに真面目さの象徴とも言えるのが、バスの〝乗り降り練習〟であった。

バスの平面図を校庭に白線で引き、バス乗り場のスペースもラインで囲む。整列する生徒は先生の笛の合図でスムーズにバスに乗り込み、自分の席でしゃがむというものだ。もちろんこれも、旅先でもたつかず、観光先で人々の迷惑にならぬためのものであった。

昔を振り返り、あのバスの練習一つ一つが〝吉永〟さんのような人を育てていたのだなぁと思った次第だ。

寒空の下の小銭

東京駅――。新幹線待ちで私はホームに立っていた。マスク姿の乗客は平日とあってまばら。そんな中、奇異な光景が目立ったせいで、ついつい注目してしまうことがあった。

青年が一人、細長い棒を持ちホームの向こうからやって来た。冬空の下、Tシャツに薄手のズボン、サンダル履きで靴下もなし。ボサボサ髪は逆立っていて、マスクを着けぬ顔は怒っているよう。

「鞄、持ってないし、旅行者じゃないわねぇ。……駅のスタッフかしら……」

そんな感想を勝手に持ちながら青年の動きを目で追っているうちに、彼がまさにスタッフのような行動を始めるではないか!?

大型の自動販売機の前に立ち止まると、まずは釣り銭の口に手を入れる。さらにはその身体をホームのアスファルト上でうつぶせにした。這《は》いつくばって必死に自販機の下を覗き込み始める。

「いやいや、スタッフじゃないわよね。つまり……ひょっとして小銭を探してる？」

私がハッキリ不審に転じた目を向けたタイミングで、彼はその手の細長い棒を突っ込み、奥の奥までさらえる動きになった。

人目を気にしてコソコソといった様子はまるでない。むしろ堂々と、まるで〝これはオイラの仕事だからさぁ〟なんて、問えば応じそうな雰囲気を醸し出していた。

誰かが誤って落とした小銭を集めることに集中し、自販機から自販機へと移動して……。

「何が悪い！　コロナで金なんかとっくにないんだよ。働きたくたって仕事もねぇ‼　文句あっか？　オイラだって死にもの狂いなのさ」

もちろん、そんな言葉のナイフをかざしているわけじゃあない。しかし、今日び、オサイフ携帯やパスモなどで自販機利用する人が増えている中、青年の行動はいささか時代遅れで子供じみているように思える。入場券を買っているのだろうか？　だとすると経費までかけていることになる。

寒い中をわざわざ東京駅までやってきて、彼の間違った労働がどう見てもさほど報われているとは思えなかったのだ。

同情はしない。でも、〝違うふうに頑張ればいいのに〟と言いたい衝動にかられたものであった。

さて、小銭といえば、私も日常頻繁に遭遇してしまう〝釣り銭残し〟がある。

原稿をコンビニでＦＡＸする際に、機械に残された見知らぬお客の10円玉や50円玉など。自分のお釣りと後で混じってしまうと面倒臭いので、かならず使用する前に釣り銭口をチェックしてから自分のお金を入れるのが習慣だ。

万が一にも見つけてしまうとレジに持っていくが、意外なのがその時のレジ係さんの反応だ。コンビニ内での落とし物は当然コンビニさんに届けるに決まっているのに、人によっては躊躇《ためら》いを見せる人がいるのだ。

「小銭はねぇ、お客さん、誰も取りに来ないいんだよね。来られても、本当にその人のものかも分かんないけど……。紙幣ならナンバー覚えてるとか、名前書いたりとか……。ハハハ、そんなのないかぁ～」なんて言う人が。

結局、レジの募金箱に入れることがほとんどなのでありました。

ああ、桜色の恋

相変わらず猛威をふるうコロナウイルス。すでに第4波に入っているとの発表もあり、変異株が心配な日々だ。お日様キラキラの景色を見るにつけ、「ああ、せっかくの春なのになぁ」と、残念な溜め息を漏らしている。そして、ちょうど去年の今頃、最初の自粛生活真っ只中のことをふと思い出したりする。

仕事は多くがキャンセルとなり、自宅周辺や近所を散歩する毎日だったっけ。お籠り生活が何とか規則正しく保てたのは、新聞と週刊誌の連載エッセイの締切があったおかげだ。これは本当に助かった。

さらにあの時、スコブル嬉しかったのは、昔々の友人や知人……まったく音信不通になっていた人々から、突然、手紙をもらったりしたことだ。誰もが停滞する中で、すっかり忘れてしまっていたような出来事をふと思い出し、懐かしくてたまらなくなった様子だった。

あれから1年が経ち、人々の行動や警戒心に変化は見られるものの、私のところには時折やっぱり思いがけない手紙が届くのである。

つい先日も、そんなお便りをいただいた。

差し出し人の名前（Aさん）に覚えはなく、映画などを観てくださった方からの感想レターかと最初は思った。が、読み進むうちに、「えっ!?……ええっ？　え～!!」となる。だって、それはある種のラブレターのようなものだったから。実際に冒頭は『昔々のラブレターかも……。最初で最後のお手紙、お許しください』という文章で始まった。

Aさんによると、私達は大学時代のクラスメートではないけれども、選択科目であった体育の授業で出席番号が隣り同士であったらしい。屈伸運動でペアを組んだ女の子が、私でなかったかと思っておられるよう。

『……背中合わせで腕を組んだことが確信とも妄想ともつかぬながらも、キャンパスでの視線の先に室井さんがおられた記憶があります。……今から思うと桜の花の淡いピンク色のような、本当に淡い淡い想いだった……』と、Aさんは綴っておられた。

私は何度も何度も繰り返し読み、甘酸っぱく込み上げてくる若々しい気分を噛み締めた。私は当時、合気道とワンゲルを選択しており、それは男女混合授業だったので、Aさんと腕をとったり背中合わせに体操したのは本当に自分だったかもしれないと思った。

いや、それが自分であったかなかったかは、まったく問題にはならない。だってAさんは少なからずともそう思い、長い長い年月、女優となった私を遠くから見守ってくださっていたのだから。おそらくは、東京から離れた地元の町で、同じようにリモートや自粛の生活を送るうち、Aさんもふと古い想い出をしたためたくなられたのだと思う。こんな素敵なことが起こるのなら、不自由な暮らしも捨てたもんじゃないと、私は正直思ったもの。それで、自粛中に書いた絵本『しげちゃんの はつこい』をAさんにお贈りしたのでありました。

お願い、写真で判断するのは……

世間で様々な偏見や差別が問題視される中、〝履歴書に写真は必要か？〟という疑問を持つ企業や団体が増えているという。

例えば何かの採用試験で面接に至る前の書類選考の折、写真の印象が左右することが多いのでは⁉……と考える傾向が強くなっているということらしい。

テレビの報道バラエティー番組でそんな話題が出ているのを、スタジオのロビーで俳優仲間と見ていたのだ。

たちまち姦《かしま》しく反応する私達。

「そりゃあいろんな検定資格や同程度の偏差値の大学卒で、どっちを選ぶかって言われりゃあ、写真見るよなぁ」

「え〜、器量の良し悪し？　自分好みのタイプかどうかってこと？」

「じゃあ写真のポイント高いじゃないのさ」

「いやいや、一次なんて写真しか見てないところだらけだぞぉ、隣りの国なんて就職試験のために美容整形するって話だし……」

俳優陣は容姿に対する世間の見立てにとっても敏感な人種なので、皆、どんどんヒートアップ。

「いいなぁ、履歴書に写真なくなるって。僕らも売り込み用の写真、なくなんないかなぁ」

ついつい自分の身に置き換え始めたのはまだ若い新人君。……そうなのだ、私達俳優には宣材写真なるものがあって、それがオーディションを受ける時などに提出する芸歴に添えられる。一般の履歴書と違って、ハガキサイズほどの物なので、かなり重要だ。

「僕、実際に会ってもらって、しばらく話してる間に魅力が発揮できると思うんだけど、写真だと目つき悪いからなぁ」

新人君が悩む気持ちはよく分かる。場合によっては写真を見て、それ以上面会すらしてもらえぬということがけっこうあるからだ。

それでも私達俳優はそもそも撮られるのが仕事なのだから、写真の印象で色々左右されてしまうことに文句を言っちゃあいけない。何としても自分の魅力を宣材写真にも滲ませる必要があるというものだ。

最近注目するのは政治家の人々の写真だ。

選挙活動などのチラシやポスターでいかにイメージアップを図るかが重要な様子。知り合いのメイクさんやスタイリストさんがよく依頼を受けている。あれなぞは履歴書写真や宣材写真以上の決め手となってしまうことがあるに違いない。

昔は寝グセがついたままの髪で国会中継に映っている代議士先生や、鼻毛ボーボーの先生もけっこうおられた。「身ナリなんかお構いなしなのね。そのくらい必死で国民のために奔走されてんのねぇ」と、私なぞはむしろ好感を持って見ていたものだが……。

時代は変わり、若い議員さんは男性でもパッキリ眉毛を剃り整えていたり、歯を真っ白に漂白している人が目立つ。さぞかし写真写りやテレビ映りを気にされているのだろう。

ハッキリ言わせてもらえば、私なぞはポスターなどが美しすぎるほど興醒めしてしまう。

是非、外見よりも中身に力を注いでいただきたい。

ヘビの逃走、一件落着

横浜のアパートの一室から逃走中のアミメニシキヘビ（全長約3・5メートル）がようやく見つかった。

その道のプロが仔豚ちゃんを囮《おとり》にしたり、好物の餌を網籠の中にセットしたりと、誘いを仕掛けるも、ちっとも姿を現さなかった。

あちこち探し回って、結局アパートの屋根裏で発見！　鉄骨の梁《はり》に巻きついている映像は、怯えて途方に暮れているように感じられ、何だか可哀想だった。お腹ペコペコだったろうに。

それにしても驚いたのは飼い主（20代男性）が他にも、ビルマニシキヘビ（全長4メートル）を含むヘビ3匹、ワニ1匹、ワニガメ1匹をアパートの室内で飼っていたことだった。

どんだけ爬虫類好きなんだろう⁉

ヘビを購入した時はまだ法的に認められていたらしいが、現在はアウト。ましてそのアパートはペット不可の物件らしく、この男性は騒動の解決を見る前に退出を命じられたのであった。

コロナ以外のニュースでは異彩を放っていたので、ドラマの撮影現場でもお弁当タイムに話題となった。

「同じ一つ屋根の下にヘビとかワニなんて、知っちゃったら怖くって眠れないわよねえ。私なら、天井裏や床下の通気孔まで気になっちゃうかも」

私は目を丸くして言う。

するとその場にいた若い女優さん達からピシャリ意見されたのだ。

「やだぁ、ヘビって可愛いですよ。私も小さな仔を2匹とカメを飼ってる」

「ムロイさん、猫好きなんでしょ？　同じですよ、自分に懐《なつ》いてくれたら、もう目の中に入れても痛くない。咬まれたって愛の印って思っちゃう。ムロイさんも猫が戯《じゃ》れ付いてくるって嬉しいでしょうに」……と。

私は思わず、「でも、餌は冷凍ネズミとかでしょ?」と言いかけ、何とか堪えて苦笑するに留めた。

ペットを愛する気持ちは同じなのだ。ヘビは彼女達にとってそれはそれは美しく、神秘的な魅力がいっぱいのようなので……。

昔、映画『ゲゲゲの鬼太郎　千年呪い歌』の中で砂かけ婆ぁに扮する私が、ヘビと戯れる場面があった。

30匹のゴマヘビが通路に放たれ、その上を楽しげに歩く。カメラ前で自分の着物の懐に潜り込んでいた1匹をつかみ出し、「おお、ここにおったのかぁ」と愛しむ件《くだり》——。本木克英監督から「ここはワンカットで行くよ」と言われて失神しそうになったっけ。

「ヘビに馴れるまで、お時間くださいな」と必死にお願いし、何とか触れるようになったものの、可愛いと思える域にはとてもとても……。

それでも何とか頑張って撮影し終えたのだったが、さらにひと騒動あった。放っていたヘビ達がセットのあちこちへ一斉に逃げ出して30匹のうち半数は回収できなかったのだ。

ああ、あの仔達は何処《いずこ》へ――。けっこうヘビの逃走って珍しくないのかもしれないと、改めて思った次第であります。

休眠の古布団

先日、近所の奥さんとある相談をし合った。

議題は〝お客布団〟について……。

もうひと月もしないうちに東京オリンピックが始まる。今でさえ感染を本当に水際で防げるのかと危ぶまれているわけだが、今週からはいよいよ各国の選手団および関係者が続々と入国する。

巷を流すタクシー運転手さんが「ワクチン打ってても次々と変異株が出てくるんじゃあ、やっぱ怖いっす」と期間中の休暇を打ち明けるほど、警戒心を強める人々は多い。

私も奥さんも同様で、東京が賑わっている間は必要最低限の外出に留め、都心には近づかないつもりだ。

私「仕事はピューッと行って、サッと帰ってくるからね」

奥さん「そうよ。気をつけなきゃ。何でもラムダ株とかは擦れ違うだけでも感染するってテレビで言ってたわよ」

私「ウイルスも生き残りに必死だから、ワクチン打てば打つほど、変異しまくるのかもね。……ところで、夏のお籠《こも》りは家で何をする？」

コミックを読みまくりＤＶＤも観まくり、古着や本の整理もせっせとやって来た。

「さぁ、ここからは……」と、私が言いかけた時、奥さんが素早く口にしたのが〝布団の整理〟だった。

一応、世帯持ちであればどこの家にも、家族が使う以外の余分な布団がしっかりあるものではなかろうか。特に地方出身だと田舎から親兄弟、親戚が上京することを想定して、お客布団を何組も備えている。

私も上京してくる時に、母代わりの伯母から山のような数の布団を持たされたっけ。アパートが狭いので自分としては必要なかった。しかし伯母は、「何を言うとるが？

何がなくとも、とにかく布団やちゃ！　お父さんも、おばちゃんも、うちの子供らも東京へ行く時はシゲルの部屋に泊まるんやから。布団さえあれば安心やちゃ」と頑として譲ろうとしなかったものであった。

当の伯母が何年も前に逝ってしまったのに、その時の布団は今もそのまんまある。学生から社会人へ、そして今日までの間に何度も引っ越したのに、その途中でどうしても処分することができなかった。

奥さん「お宅も客間の押し入れにお布団ドッサリあるんじゃないの？」
私「うん。ある。古くて重いのも、けっこう新しいのも。押し入れパンパンよ」
奥さん「ねぇ、古いのはちょっと考えようよ。もう誰も泊まりになんか来ないわよ。そういう時代に入ったのよ。処分するか、真綿なら座布団に作り直すか……」

私は奥さんに〝そういう時代に入った〟と指摘され、ハッと目を見開いた。

確かにそうだ。自分だって田舎に帰ってもこのコロナ禍では友人宅や親戚宅には泊まれない。いくら親しくとも、もうそうなのだ。実家に自分の寝具が昔のままにしてあった人だって、とっくに捨てられているかもである。

私「そうね、コロナが続くうちは誰も来ないもんね。本当なら、オリンピック見物で古い布団も活躍したろうに……」

何か大切なものが失われるようで、ひどく悲しくなるのであった。

2分間の奇跡

このお盆に起きた不思議な話を書こう。

今年は全国が荒れた空模様で、去年に続き、お盆の帰省は無理かとほぼ諦めていた。

私は田舎富山の室井家十代目にあたり、墓守もしているため、それなりの責任がある。おまけに両親は生前離婚しており、かならず2カ所に行かねばならないのだ。

さらに今年は一層心にひっかかることが2つあった。

一つは父方の伯母。昨年三回忌だったのにコロナで法事に出席できなかった。両親の離婚後は彼女が私の母代わりで、特別な存在だった。

「ああ、おばちゃん、ゴメン。シゲル何で来んがぁ?って、怒っとるよねぇ」と、私は気になって仕方なかった。

もう一つ……。その伯母の従妹《いとこ》のカツミちゃんというおばさんの行方が分からなくなっている件……。彼女は室井（本家）の分家で、昔は同じ町内に暮らしていた。小学校の教師だったので、私の勉強を見てくれたり、映画に連れて行ってくれたり、とても可愛がってもらった。年月が流れ、大人になった私は飛行機の中で偶然再会し、それからはカツミおばさんの嫁ぎ先、富山市内のお宅にも遊びに行くようになっていた。

東京で働く娘さんを気にかけて、「シゲちゃん、誰かいい人を娘に世話してやってぇ～」が口癖だったっけ……。

しかし、ここ1年以上、何の連絡も来なくなった。それどころか、こちらが贈る季節の品や、私が出演する映画『大コメ騒動』のチケット、手紙の類は全部〝宛先不明〟で戻ってきたし、メールや電話もつながらなくなった。そろそろお年頃でどこかのホームにでも入居しているかもと心配になるものの、父方の親戚は誰も知らない。私は調べる方法がないものかと、ずっと考えていたのだ。

そして今年のお盆、15日である。富山が快晴の予報と知り、朝イチの新幹線に飛び乗った。

従兄妹の家族が車で3カ所の寺や墓をまわってくれ、最後は打ち合わせに向かう私を地鉄（富山地方鉄道）の無人駅まで見送ってくれた。

血縁の人々と賑やかにお墓参りできたのはスコブルよかった。いつもは一人っきりなので、不謹慎にも「楽しいなぁ」と思ってしまった。

「じゃあ、今度は一緒にゴハン食べようね」

「うん、食べんまいけぇ〜」

ワンマン電車の乗り方が分からず慌てて飛び乗る私と、ゲラゲラ笑う子供達。

閉まった扉越しに手を振り、クルリ車内に振り返って空席を探す。……と、そこに誰かが声を掛けてきた。

「あっ……あの……もしかして、しげ……室井しげるさんじゃあ……ないですか？」

マスクに眼鏡の私を、女性の大きな瞳が覗き込んでくる。旅姿で地元の人ではなさそう。

「私……カ、カツミの娘……です」

「ええ〜⁉　カツミおばさんの？　ええ〜！」

何と、気にしていたカツミおばさんの娘さんが目の前に立っているではないか！

立ち尽くしたまま、大慌てで聞きまくった。

すると――。おばさんが去年春に病気で入院し、亡くなったこと……、コロナ禍ゆえ誰にも知らせぬようにとの遺言だったと娘さんは話してくれた。

墓参りの帰りで、彼女は日帰りで東京へ戻るため次の駅で降りていった。ものの2分の間に携帯電話の番号を交換し、私達は東京で会う約束をしたのだった。

「しげちゃん、娘に会うてやってぇ〜」

こらえきれず号泣してしまう私は、電車のガタンゴトンの音に混じって、カツミおばさんの声を聞いた気がした。

私の足がお好きなの？

雰囲気抜群のレトロな喫茶店。そこで、突然私の身に事件が起こった。カウンターの端っこで原稿書きに集中していたところ、ツンツンという合図に気が付いた。それが肩にであれば、知り合いとかに呼ばれたかと振り返るわけだけど、なぜかツンツンの対象が私の足だったから、「何、何？」と書く手を止めて一瞬考えた。サインは私の右足に送られた。右横には中年男性が座り、PCで仕事中のよう。透明のアクリルボード越しに、私はこっそり男の様子を窺ってみる。

「こ……この男？　ひょっとして自分の左足で私の右足をツンツンしちゃってる？　アクリルボードがあると話しにくいかしら……。私よりけっこう歳下に見えるけど、やあねぇ～」

私は怪訝《けげん》に思いながらも、ツンツンを止めない右隣の男に向かって「何かご用？」

と言いかけた。……が、声を発する直前だ。今度は左足の小指の辺りをツンツンしてくるではないの⁉

「私がまだ半ズボンなんか穿いちゃってるからって、そんなに？　アピールが過ぎるんじゃあ……」

そ知らぬ顔でキーボードをタッチする男を私はさらに観察。座ったままだと標準的な体形に見えるけれど、そんなに足が長いのか？　私の左足首辺りまでは、けっこう離れているようなのに、届くなんてスゴイ、スゴイ！

呑気に構えていられるのはここまでだった。

次の瞬間、小さくだが「チュー」というキッスを求めるような声が私の左足から聞こえてしまう。

私はさすがに「チュー？……違う！」と気付き、椅子を少し引いて身をかがめた。たちまち目が合った。無論男と……ではなく、もっと小さなクリクリした目。そう、ネズミ君とである。

「あっ‼　あ、あ、あ、あ、あ〜」

女らしくキャ〜ではなく、私は擦れた「あ」のスタッカートを発しつつ、立ち上がって後退《あとずさ》った。

「ネズミです。カウンターのコーナーに」

私が声をあげたものだから、ネズミ君の方が今度はギョッとなって、フリーズしてしまった。

小ネズミじゃあない。かなり大きい。毛が半分ハゲていて地肌が透けて見えている。私の半ズボンから伸びた足に興味を持ってくれたのは人間ではなくネズミのオッサンのようだった。

慌てたウェイターさんが箒と塵取りを持って走ってきたので、私は「お願い、そっと外に誘導してあげて」と頼んだ。

ネズミのオジサンは導かれた方向に真っすぐ走り、店の外へと逃げていったのであった。

それにしても、都会でネズミが増えているという噂は本当らしい。おまけにこのコロナ禍で、換気を重視するあまり、窓ばかりでなく出入り口も全て開放しているところが多い。ならばゴキブリもネズミも自由自在に建物に出入りできるというもの。丈夫で風通しの良い網戸が絶対に必要だと一応足を消毒しながら思ったものでありました。

空白恐怖症

今、巷で〝空白恐怖症〟なる言葉をよく耳にする。

国語の辞書で調べてみると、

①スケジュール帳に空白が多く、予定が記入されていない状態に不安を感じること。そういう気持ちになる病気の症状になぞらえた言葉。②漫画やイラストで、細部まで緻密に書き込む画風を病状になぞらえた言葉。……などとあった。

小学館の「第3回　大辞泉が選ぶ新語大賞　２０１８」で大賞を受賞した新語でもあるらしい。

注目が集まっているのは①の予定がない状態を恐れる方であろう。

会社員の方々はある一定の勤務時間をそもそも拘束されているわけなのに一体何が気になるのか、私の周りで聞いてみた。すると、〝仕事中は営業の時間が埋められないと上司に叱られる〟……　〝週末やアフターファイブに遊びやお稽古事、ボディケアなどを充実させないと、人に魅力を感じてもらえない〟などの答えが返ってきた。

仕事に関してはさて置き、〝余暇の予定がない〟イコール〝つまらない人〟と気にするのはいかがなものか。これは他者の目と言うより、むしろ自分自身が世間と己を比較し、寂しい気分に陥っているのではなかろうか。

かく言う私は、今年デビュー40年の女優である。私達くらい、真っ白なスケジュール帳が悩ましく思う人種はいないのではあるが……。

仕事がなければ、もちろんスケジュール帳は真っ白だ。自分が売れていないのだから仕方がないことである。ただ、私達にとってはこの空白の間の時間の過ごし方が後々役に立つと思えてならない。

せっせとジム通いする人、三味線やサックスなど楽器および歌を習う人。海外進出を夢見て語学留学する人。自分が演じてみたい役を探すため、小説や戯曲を読みまくる人。エステ三昧どころか「今のうちに」と美容整形をする人も……。さらには、自分に足りぬものは〝運だ！〟と、著名な占い師に相談に出向いたり、神社仏閣巡りに夢中になったり、ゆったりお遍路で四国八十八箇所の霊場を巡拝するという話もよく聞くものだ。酒浸りになって身体を壊す人、別の趣味が花開き、お店を出す人。恋愛やお見合いをして結婚したり、ベビーができて大ハッピーになる人も……。

暮らしを立てるための手立ては考えねばならぬものの、空白の時間に〝私は役者！今は停滞していても、誰も見てくれていなくても、私は役者よ‼〟という自己意識をどう保つかがとても大切になってくるのだ。

これは若かろうが老いていようが関係がない。新人もキャリアのある人も皆同じ。一つの役を演じ終えると、この〝空白期間〟が訪れて、の繰り返しなのである。

昨年今年と何度かの緊急事態宣言の発令があり、私のスケジュール帳も真っ白になった。ただし、今回の真っ白は自分のせいではないと思え、いつもより何だか気が楽だったというのが正直なところだ。世界的な空白期間でわずかながらに青空が美しくなったとも聞くけれど、私も空白を何とか自分の栄養にしたいものだと思っている。

子供混浴どうなるの？

〝銭湯などの公衆浴場での子供の混浴は何歳から制限されるべきか〟という年齢に関しての見直し案が、全国の自治体から出ているとニュースで知った。

混浴制度の年齢は各自治体が条例で定めている。元々、多少の差はあるよう。それが、２０２０年末に厚生労働省より、「おおむね10歳以上の男女を混浴させぬこと」としていたところを「おおむね7歳以上に改正すべき」という通知が出されたものだから、困惑する浴場事業者や保護者が増えている……ということらしい。

これは銭湯愛好家の私にとっても、いささか気になる問題だ。

そもそも身体と心の成長はかならずしも同じスピードで進むとは限らないものと考える。すごく成熟していても幼稚できちんと洗えない子供もいるだろうし、見かけが小さくても心の底はすっかり〝大人〟という子供だっている。

しかしながら、食事の欧米化などで子供の身体の成長は著しく、数年前の10歳と今の10歳ではハッキリ違ってるから……と言われれば仕方のないことなのかもと悩ましいところだ。

私の知り合いの女性に長身の元オリンピック選手がいる。彼女の身長は幼稚園ですでに小学3年生ぐらいあり、小学3年生の時には男の先生とまるで同じだったそうな。現在の彼女もとてもシャイでキュートな人。子供の頃は一層奥手で、身体が大きくともちっとも〝おませ〟などではなかったという。ところがある日彼女は先生から言われてしまうのだ。「お前、明日っからその赤いランドセル背負わなくていいから。大人が背負ってるみたいで、変だもんなぁ〜」と。

この子供の混浴の件で、すぐに彼女のランドセルの話を思い出した。あの時は笑って昔話を披露してくれたけど、その頃の気持ちを慮《おもんぱか》ると、こちらはただただ目を丸くするばかりだったっけ。

さて、うちの近所の銭湯では両親と子供が家族でやって来て、途中、身体を洗い終えた親の側へ子供が裸のまま行ったり来たりというのを、よく目撃する。その際に男湯・女湯の仕切り越しに両親が「もういいかい？」の合図をし合うのが聞こえてくる。

あのコンタクトはなかなか趣《おもむき》のあるものだ。私の子供時代の田舎の銭湯ではさらに直接的であった。男湯・女湯の端っこに潜り戸のような小さな扉があって、そこは鍵もなく両方から開閉が自由だった。

「お〜い、タマエ〜、ヒトミをそっち行かせっから、一郎こっちよこせま〜」などと大声をあげつつ、お爺ちゃんがニュッと顔を出す。するとお婆ちゃんが女の子とバトンタッチで男の子をお爺ちゃんに渡す。扉の利用は老人ばかりではなく若い両親も普通に使っていたものだ。

今なら「ギョ、ギョッ！」と問題になりそうだが、当時は誰もそんなことを気にする人はいなかった。

思い返せば、とってもほのぼのした和やかな風景だった。

ああ、昭和が懐かしい。良かったよなぁ〜。

さて、その一発の明暗は？

故郷の〝FMとやま〟『しげちゃん☆おはなしラジオ』にて朗読した昔話がとても面白かった。

福井県に伝わる昔話の再話で『おならをしたかかさま』だ。

――殿様の酒宴の席で臨月間もない奥方様がおならを漏らしてしまった。真夜中まで続く持て成しにくたびれ果ててしまってのことなのに、殿様は怒りまくり「人様の前でおならをするような者は置いておけぬ。出て行け～ッ！」と奥方様を島流しにしてしまう。その後、生まれてきた息子が頓知《とんち》のきいたリベンジを果たし、ハラハラドキドキの末にハッピーエンドを迎える――というお話だ。

おならぐらいでお腹の大きな妻を島流しにしてしまうなんて、何てひどい殿様！と朗読しながらも私はムカムカと興奮してしまったが、昔はどうも、身分の高い女性にとってこの手のミスは信用を失墜させることになりかねなかったらしい。

江戸時代には「屁負比丘尼《へおいびくに》」という女性が身分の高い女性に常に付き添ったそうな。いわば芸能界の〝付き人〟のような存在で、この人のご主人様が〝屁〟などの粗相をしでかしてしまった暁に「私が……申し訳ありませぬ」と身代わりになったというから驚きだ。

それにしても、日本の昔話や民話にはおならを題材にしたものが数多く残っている。栃木県の『屁一つで村中全滅』や高知県の『おならで飛んだ石うす』や広島県の『日本一の屁ひり爺』『おならのしゃもじ』や『屁こき夫婦』など……。私自身も『へっこきよめどん』をしげちゃん一座のレパートリーの中に入れ、攻めたカンジのジャズ演奏をバックに楽しく朗読しているし、それをリクエストされるお客様も多い。

つまり、何というか、おならは目には見えぬものの〝絵になる〟……、いやッ、形はないが〝心に残る〟、実に強烈な一発で後々までも記憶に残るものなのである。

考えてみるに、私達人間の生理現象による分泌物には2通りあると思うのだ。涙のように感情を伴うものと、そうでないものである。

鼻水や目やに、フケなどは体調の変化で出る。汗と、よだれや唾液はほぼ中間で、暑くて出る汗の他に心がドキドキ焦ってかく冷汗があるし、ご馳走を前にして出てくる唾液だってある。

私達はこれら分泌物の中で、自分達の意思を表す〝涙〟をより美化し、それ以外の分泌物を出方によっては恥ずかしいと思いがちである。おならはそれの最たるものなのだ。

以前、私の友人同士が口論になり誰も止められない状態になった。ところが、誰もが〝困った〟と思ったそのピークで、片方が「ブオン」と音を立てたのだ。それは強烈なおならの音で、まるで怒りが爆発したみたいであった。傍らにいた非当事者の私達はさすがに目こそ丸くしたが必死に無反応を装った。でも、当事者2人の顔が我慢ならぬというカンジに笑いはじけたものだから、一件落着と相成った。ああいう時には涙よりも、おならが勝ると思い知った次第であります。

芋くへば腹が鳴くなりウフフのフ

この冬、私にちょっとした異変が起きた。

大袈裟に書くほどのことではないけれど、自分にとっては〝目から鱗が落ちた〟ほどの気分。

それは、芋である。

私はこれまで芋の類を何となく避ける傾向にあった。ナガイモ・サトイモ・サツマイモ・ジャガイモとたくさん種類があるけれど、例えばロケ弁の中で何か一つを残すとしたら、決まって芋の煮っころがしなどを見捨ててきた。

嫌いとか、食べられないわけではない。むしろコロッケなんて大好物！　でも、コロッケを食べたいがゆえにポテトフライには絶対に手を出してこなかった。

なぜって、〝芋は太る！〟という固定観念に縛られて、これ以上太るのを警戒してきたからだ。

それが今年に入ってから長年の呪縛が解けるようなことがあったのだ。

実はこの冬はいつにも増して、私の元に干しイモが届いた。特に故郷富山からはワンサカと！　中でも〝べにはるか〟を平干しにした〝ドライモ〟は、友人の娘さんが勤め先で作っているとのことで10個ほどももらってしまった。

「ヤバ〜ッ！　旨そうだ。……ちょっとだけ……（モグモグ）ヒ〜〜〜!!」

ひと口試した途端、口周辺に幸福が訪れた。もう、抜群の美味しさだった。私はそのままセーブが利かなくなり、ペロリとひと袋、平らげてしまう。それで、これは危険と思って残り9袋をロケ現場へ持ち込み、若い女優陣に差し出してみたのだ。

私「干しイモ、食べるぅ？　食べないかぁ……太るもんね」
するとと、どうだ!?
若①「うわぁ、干しイモ、大好き〜」
若②「私、主食はほぼ芋と栗なんで、嬉しい〜」

若③「ヤッタ〜。私、2袋もらいたい」
どの若女優も身体の太さは私の半分位。横から見るとペラッペラで、本当に内臓が入っているのかと不思議に思う。まるで干しイモみたいなのに、皆、芋が大好きで毎日食べていると言うではないか⁉
私「嘘よッ。芋、太るでしょ？」
若達「お芋は太らないよ。脂質が少なくて食物繊維たっぷり。ビタミンCもバッチシ。鉄分もβカロテンも含まれてるよ。美容には一番だと思う」
涼しげに笑って栄養素のレクチャーまでしてくれた。
それからだ。まさかと思いつつも、私は家にゴッソリ取り寄せた干しイモを毎日食べるようになった。
するとどうだ――。私の身体に明らかに異変が起きたのである。とにかくお腹の調子が怖いくらいに良くなった。元々快便ながら、さらにスペシャル拍車が掛かったみたいな勢い。

㋒の形状が大変なものになった。まるで〝お腹にヘビを飼ってた？〟と思えるような、あるいは〝腸そのものが出てきたの？〟と見間違うほどの見事な物がスルスルと。色もツヤもこれまでのベスト！　人様にお見せできないのが残念なくらいだ。

「あぁ、もっと早く知ってたらなぁ。私の体形も……」

過ぎた時間は悔やまれるが、ここから先は芋とともに生きていこうと思った。

きっとこの決断が私の寿命を5年は延ばすに違いない。

ああ担当さん

別居する母親の通院に一日寄り添った友人が、その帰り道に私のところへ寄った。

「ゴメン！　このまま帰ると、家で亭主に八つ当たりしちゃいそうだから」

病院で何かあったのか、彼女はクールダウンしたくて我が家に来たらしい。

「母ね、大学病院に通ってんの。本人も私も治療そのものは信頼を置いているの。でも……」

話の途中でヒエヒエのビールをゴクッと飲んだ。そのまま爆発しそうなのを、まるで自制するかのように。

私「何かむかつくことがあったのね」

友「腹が立つっていうか、途方に暮れちゃって。病院のシステムとか分かんないけど、とにかくしょっちゅう担当医が代わるのよ。もちろん、これまでの本人のデータはカルテを見りゃあ分かるんでしょうけど、こっちは不安になるじゃないの」

私「ああ、大きな病院はよくあるって聞くわね。そりゃあお母さん、何度も同じこと説明しなきゃってなるもんね」

友「そうよ、ずっと昔に遡《さかのぼ》ってね」

友人はとても怒っている。

〝機械じゃないんだから血液はしっかり採って数字だけ見てんじゃないよ。あんなの直前2日ほどの食事でガラリ変わるんだからさぁ〟……なんて言った。

私「身体と心はつながってるもの。不安になって余計悪くしちゃうわね。先生に委ねてきた気持ちが患者側にはあるから、お母さん、きっと絆をプチッと切られたみたいにショックよね」

その気持ちは本当によく分かる。大病院でなくとも、例えば歯医者さんを何らかの事情で新しいところに変えねばならなくなっても、ひどく迷ってしまうものだ。しかも個人医院ならば周辺にその評判をリサーチできたりするが、大病院の担当医となると、こちらからのチョイスはなかなか難しいものなのだから。

このように、世の中には担当さんなる人が各所にたくさんいるけれど、私達芸能の業界でも「エッッ⁉」と気の毒になることがある。

マネージャーとタレントの関係だ。

タレントとマネージメント契約を交わす会社が一人一人に担当マネージャーを付けるのだが、大手になればなるほど、その在り方は大企業のようにシステム化する傾向にある。そうでないと大勢の所属タレントさんや担当マネージャーさんを仕切れないからであろう。

「ああ、悲しい。あの担当マネが大好きだったのに、もう2年経っちゃったから別の人に交代なんですよ。今度はちょっとオジサンで……。大丈夫かなぁ？　ちゃんと話が通じるかしら」

デビューして、ようやく花が開きかけているタイミングでショックに思うタレントちゃんの声を時折耳にする。

仲良くなりすぎれば、いつか担当さんがタレントちゃんを連れて〝独立〟というケースも珍しくないゆえ、会社側としても一定の規則が必要というのも理解はできるが……。

それでも〝人と人〟が力を合わせての仕事だからなぁと、この桜の季節のチェンジを悩ましく感じてしまうのだ。

ちなみに、自分は小さな事務所で平成元年から担当さんは同じ。つくづく幸せであります。

ビール券に励まされ

1991年に『むかつくぜ！』というエッセイ集を出して以来、ずっと書き続けている。

女優業の傍らでの執筆には少々理由《わけ》がある。

私がちょっとした事件体質……、否、そんな大袈裟なことではなく、珍事体質とでも言いたくなるような特性の持ち主によるところが大きい。

例えば、この広い東京で週のうち2度も同じ人物のタクシーに乗ったとか、喫茶店でネズミに足をチューされたなんて、他愛ないこと。居酒屋で飲み話に喋ってしまえば忘れてしまう程度の出来事ばかり……。しかしながら、それが自分としては驚いたり楽しかったり悲しかったりするので、こうして日記のように綴っているというわけなのだ。

先日も私に向かって、「さあ書きなさい」と言わんばかりの物が、まさに天から舞い降りた。正確にはリビングの棚からだが……。

それは3月31日の15時過ぎだった。

仕事帰りに雲がぶ厚くなってきたのでスーパーで買い物を済ませ帰宅した。夕飯前に1〜2時間片付けでもしようと、棚に並ぶ4つの箱に目をやった。

「ああ、忙しいと何でも適当に投げ入れちゃうから、中はグチャグチャね」

私は真ん中の一番乱雑さが際立つ箱を選び、床に置いて中身を整理し始める。メモ帳や古い封筒に便箋、インクの切れた万年筆やボールペン、様々な色紙やお洒落袋に切手やテレカなんかも入って混沌としている。

その中、ひときわ古びた封筒を手に取ると、少々重みを感じ、すぐに開けてみた。

「やや、ビール券じゃん！　それも10枚も」

私はラッキーと頬を緩ませるが、次の瞬間だ。この目がビール券の右端に示された有効期限の日付に釘付けになる。

「2022年3月……31日……。今日、今日？」

なぜビール券には有効期限があるのだろう？　テレカや図書券、デパートの商品券には確かないはず。ビールそのものが腐ったって、ビール券が悪くはならないのに……。そのうち、裏面の注意書きに気付き、券が2014年4月1日現在の小売価格に基づき発行されていると知る。多分、その頃にいただいたか、自分が誰かにと買っていたか……。いずれかは不明だった。

「とにかく、行かなくちゃ……ビール、君を取りに行かなくちゃ〜」

私は自転車に跨《またが》り、町外れの酒屋さんに向かう。小雨がポツポツと降り出すと、井上陽水の『傘がない』を思わず口遊んでしまった。

幸い閉店の1時間前に駆け込めて、私はビール券9枚と同額の様々なお酒をゲットできた。地ビールに赤ワイン、ヨーグルトリキュールなどなど……。

ダッシュで往復したから少々疲れはしたけれど、戻った私はそれらの品々を前に何とも満ち足りた心地を味わった。

「不思議～。だって、何であの箱を選んで、何で今日の期限だったんだろ？　何も覚えちゃいなかったのに。……でも、私って何だか大丈夫かも。まだきっと頑張れるよね」

お守りにしようと、思わず残した1枚。それを手にして、スコブル励まされたように感じた。

ささやか出来事ながら、皆様にご報告したく書きました。

あなたにソックリな誰かさん

東京駅中央改札をくぐった構内にある『ほんのり屋』で、おにぎりを求める列に並ぶ。

私の頭の中は〝紅鮭・いくら〟にするか〝博多明太子〟はたまた〝カリカリ梅とじゃこ〟かと100%メニューに向けられていたのに、突如それが吹き飛んだ。

私のすぐ前に立つ男性のせいだ。何気に振り向いたその顔が、大学生の頃にしばらく付き合っていた彼にソックリだったから。

昭和にワープしたかと思うほど。私はとにかくその顔を確かめたく、列からちょっぴり食《は》み出して横顔を盗み見たりしてみた。

「ク……クリソツ！　でも、あれから何十年も、こんなに若いわけない。ひょっとして息子さんとか……」

さすがに、それ以上ジロジロ見るのは憚られ、先に買い物が済んだソックリさんを後ろから未練がましく見送った。そして肝心のおにぎりは〝昆布〟に〝梅干し〟と、テキトーに注文してしまったのであった。

ここのところ、私は少し変だ。遠い昔に流行った『冬のソナタ』や『パリの恋人』に夢中になっている。以前はちっとも興味のなかった韓流純愛ものにキュンキュンしている、そのせいかもしれぬ。

「別段、昔を恋しく振り返ってたわけでもないのになぁ」

駅の雑踏に紛れながらポツリ呟く自分の耳には、もう〝冬ソナのテーマ曲〟がグルグルリフレインされてしまうのであった。

それにしても、この世には3人ソックリな人がいると昔から言うけれど、本当なのだろうか？

人種を超えてはそうそうないだろうから、やはり日本国内となろうか。……つまり、今朝のような出来事は時間を経ても〝然《さ》もありなん〟と言えるのかもしれない。

私自身、女優という仕事の性質上、自分を認知してくださる方から、時折〝ソックリさん情報〟をいただくことがある。

「子供の担任がムロイさんに瓜二つ」とか、「しょっちゅう〝ムロイシゲル？〟って言われるの」とか、「部長がソックリ。特に横顔。男ですけどね」なんてぇお手紙や写真も……。

『週刊文春』で時々、〝顔面相似形〟なる特集を組んでいるが、中には人とではなく動物やそれ以外のモノの場合もある。〝小室眞子様とシロイルカ〟とか〝トランプの頭とレンズ雲〟なんてぇのは傑作すぎて忘れられない。

確かに私自身のソックリ情報も、マスコミに上がってくるいろんな人のソックリ情報もとても似ていると感じる半面、まったく似ちゃあいないとも次の瞬間に思えるものである。

その人をどんなふうに捉えるかは人それぞれ違っているみたいだし、目から得た情報を脳がどう処理するかによって、同じ人に対してもまるで印象が違ったりもするのである。

髪が長い時はソックリだったのにショートになったらちっとも似てない……なんて声はけっこう聞こえてくるものだ。

私のマネージャーが一卵性の双子で、以前は両者ソックリだったが、年を経てまったく違う顔立ちになってきた。

人体の不思議というか、〝やっぱり私ら生《なま》モノで面白い!〟と思うのであります。

さあ、二宮金次郎に続け

友人が旅先から何枚かの写真を携帯電話に送信してきた。
美しい景色や美味しそうな料理、珍しい特産品などの中に二宮尊徳（金次郎）の銅像があった。「昔懐かしい金次郎君です。田舎では、まだ健在で〜す！」とのコメントも添えられて……。

二宮尊徳は江戸後期の生まれ。日本の協同組合運動の先駆けと言われ、農村復興政策を指導した人物だ。小さな体に薪を背負い、本を読みながら歩くさまの銅像は、勤勉の象徴とされ、全国の小学校に設置されていたものだ。

時代が移り変わり、木造校舎が鉄筋などに建てかえられるタイミングで金次郎像は次第に撤去され、近頃では、すっかり〝思い出の景色〟のような位置づけとなっている。

私も小学校時代の先生から、「金次郎は貧しい農家に生まれ、家の手伝いをせっせとしながらもしっかりと勉学に励んだんだぞ〜」と熱く教えられたものである。

懐かしくなって友人にそのことを返信したら、彼女からはとっても寂しいお知らせが返ってきた。

「でも残念ながらこの子もそろそろ引退みたいです。ここでも〝歩きスマホ〟が問題になってて、金次郎の本を読みながらが子供達に悪影響を与えるんじゃないかっていう意見があるらしいよ。ホントに変な世の中！」……と。

ううッ！　何ということだ。子供にきちんと解説できぬ大人が悪いのに。……いや、それどころか大人の歩きスマホを罰するべきなのに……。そんなふうにして金次郎像を廃棄するなど「とんでもない！」と、むかむか腹が立ったものであった。

そんな中、自分の周辺で興味深い話を聞く。山登りの番組でお世話になった女性のメイクさんからだ。

彼女とお喋りしていると、〝山登りは日頃のトレーニングと心掛けが大切〟とのフレーズがやたら登場した。

「でも、トレーニングったって、登山以外の番組でロケなんかに出ちゃったら、なかなか難しいんじゃないの?」と私が質問したところ、教えてくれた方法が凄かった。

「私ね、外を走れない日は、ビジネスホテルの小さな部屋の中でも1万歩、歩いてんの。腿《もも》を高めに上げたり、横歩きや後ろ歩きも交ぜて、本を読んだり、スマホを見たり、ドラマ観ながらもトレーニングよ。どこでもいつでも、やる気さえあればできるもの。身体は正直でこれを続けると呼吸が山の中でも楽になるし、疲れにくくなるようよ。今じゃあ部屋の中でリュック背負ってやることもあるわ」……なんてキラキラ目を輝かせてのレクチャー!

私は思わず、「あっ、二宮金次郎がここにいた」と、真顔で叫びそうになったものだ。本当にやる人はやる! どんなに時間がなくても、その身は疲れていようとも。お金もかけず、人にも迷惑をかけずに、粛々と。

現代の女性二宮金次郎さんに、教えられた気持ちになりました。

コーヒーカスの裏技にビックリ

友人から電話。

「うちの小さな庭の桜ももうおしまいだけど、いろんな花が咲き始めているから、お茶しに来ない」と言ってくれた。

和菓子をお土産に求めて、週末出掛けた。

「ちょっと待ってね。今、ちょうど、コーヒーのお世話をしている最中で……。もうすぐ終わらせるから、テキトーにしてて」

A子は何やら忙しそう。ボウルいっぱいの茶色の粉を、細かなネットに詰めている。

「ウフフ、暑くなる前にコーヒーで先手を打っとくの」

ニヤニヤ笑って、彼女はナゾの言葉を次々と発する。〝コーヒーのお世話〟だの〝コーヒーで先手を打つ〟だの。一体、何のことだろう?

台所のテーブルの裏の、そのボウルの中身はコーヒーの粉であるらしいが、A子は何をしているのだろう？

するると、私の心に応えるかのタイミングで彼女は言った。

「これはね、使用済みのコーヒーの粉よ。コーヒーのカス！　これがさ、いろんなものに再利用できちゃうの。うち、私も主人も子供らもガブガブコーヒー飲んじゃうから、このカスが相当出るのよ」

ああ、なるほど、そうか……と、私は頷く。

よくタバコを吸う人から、〝インスタントじゃないコーヒー飲んでんなら、コーヒーカスをちょうだい〟なんて言われるものだ。あれを灰皿に撒《ま》いておくと周辺がヤニ臭くならないのだと言っていたっけ。

私「そっかぁ、タバコの臭い消しかぁ」

A「タバコは誰も吸わないけど、コーヒーの粉って、とっても消臭効果があんの。お天気良くなってきたから、庭に新聞紙ひいて、天日干しにしたり、電子レンジで乾燥させてもいいのよ」

私「天然の消臭剤かぁ。……でも、そんなに使い道あるかしら」

A「目の細かい小袋に詰めて、ブーツや冬靴に入れておいたり、臭いの気になる場所に吊るしておくといいわよ。あとね、庭に撒いておくと、雑草防止にもなるし、蟻やナメクジの害虫防止にもなるの」

まさか、そんなにいろんな使い道があるとは知らず、私は物知りのA子に感心したものだった。

A子によると魚焼きグリルのしつこい臭いや古びたタッパーにも効果ありとのこと。「ただね、加齢臭はなかなか手強いのよ」と、顔をしかめる。コーヒー石鹸や入浴剤用にティーバッグに入れて使用もするが、なかなか完全には消えないとのことだった。娘さんが〝パパ、何とかして〟と口喧《くちやかま》しくなっているので、最近はご主人の黒っぽい衣服をコーヒーで煮てみたりもしているそうだ。

私「そんなに加齢臭が？　枕カバーとかヤバいって言うけど」

A「凄いのよ、枕もカバーも。娘と相談して、パパが眠った隙に、枕周りにコーヒー袋をそっと置いたりもしてるの。ウフフ、本人を傷つけないように、私が先に起きて回収してるけどね」

A子はこの夏が勝負ねと笑った。

海からのメッセージ

富山湾の春の海に、〝神秘のイカ〟ホタルイカが豊漁だ。2024年、県内では過去10年で最多となっているそうだ。大漁続きで値崩れしたり、夜な夜な〝たも網〟ですくいに来る人々が混雑し、漁業関係者は困り顔とも聞く。

しかしながら、消費者からすれば、全ての物が値上がりしている今、こんなにありがたいことはない。東京のスーパーでさえホタルイカの顔を見ない日はないし、どこの居酒屋へ行ってもホタルの酢みそ和《あ》えが突き出しに出てくるのだから、嬉しくてたまらない。

ホタルイカは釜揚げ、シャブシャブ、カラアゲ、天プラ、炒め物やアヒージョ、ピザやパスタの具材としても抜群な味に仕上がる。栄養価が高くヘルシーなので、ダイエットにも最適だ。

私の実家のすぐ裏が海なので、ホタルイカにはまるで〝うちの娘〟みたいな思い入れがある。それゆえ皆さんから褒められたりすると、ちょっと照れたりしてしまう。女優でなくお笑い芸人を志していたならば、芸名は間違いなく「ホタルイカ滋」か「ムロイホタル」がピッタリだった。いや、「ムロイホタル」なら、今から改名もアリかもしれぬ。

それほどまでにホタルイカ愛が強いのは、何といってもあの全身から放たれる、幻想的な光に魅せられているからだ。

あんなに美しい青白い光はなかなかお目にかかれないと思っている。

子供の頃、この季節になると、バケツを持って真夜中に裏の海へ行った。

父がバケツの持ち手に長い長い紐を結びつけ、なるべく遠くに向かって投げ込んだ。

バシャンとバケツが海面を叩き付けると、それに応えるようにして辺りから青白い光が浮かびあがる。ホタルイカはわずかな刺激で足といわず手といわず、身体全体を発光させる。夜光虫ほどギラつかず、とてもはかなげで繊細な光！

私はホタルイカが食べたいというよりは、光の舞を夜通し見ていたくて、父に「もういっぺん！　もういっぺんバケツ投げてよ」とおねだりし続けたものだった。

さらには、生まれて初めてホタルイカ観光船に乗った時だ。体じゅうが痺《しび》れるほどに興奮したのを覚えている。定置網を引き上げる漁師さん達の船の周りを観光船が囲み、その作業を見学させてもらうシステムだ。

男達の「さぁ、大漁やぞぉ〜」のかけ声を合図にホタルイカが群れごと引き上げられる。サファイアブルーの宝石がいっぱい詰め込まれた宝石箱が海底から上がってきたように見え、私達観光客は響《ど》動《よ》めく。それはまるで、龍宮城の乙姫様が私達人間に贈ってくださった巨大な宝石箱に思えたものだった。

さて、富山湾ではホタルイカに続き、蜃気楼、さらには白エビの姿が続々と賑わいを見せてくれる。

「地震で海の中もグチャグチャになったけど、大丈夫。一緒に頑張らんまいけ！」と、これらがメッセージを届けてくれているように思えてならないのであります。

第3章　オバサンスイッチON

ひょっとして君、最後の1本？

週末に出演した〝女性の会〟のイベントで、トークの枕に、自分が感じる〝フケタカナリスト〟なるものをお話しさせてもらった。

〝フケタカナリスト〟は、自著『おばさんの金棒』におまけページとして載せている。「わ、年取ったなぁ」「老けたなぁ」と愕然《がくぜん》とするのはどんな時かと、自問自答を並べあげて。

・脇と脛《すね》に無駄毛が生えてこなくなった。
・流行歌を覚える気がしなくなった。
・気が付くと昔話をしている。
・背中に手が届かない。ボタン完敗。ファスナー微妙。
・発酵物に異常にこだわりを持つ。

……などなど。

身に覚えのある中年女性の皆さんは、大声で笑ってくださり大いに盛り上がった。

若い頃はまったく考えもしなかったようなことが、人生後半ではドンドン起こるに違いないと自覚するが、悩んだり恐れたりしたところでどうにもならない。

〝こうなりゃあ、それを面白がった方がいいわい！〟と思う次第だ。

さて、そんな中、私は先日微妙な〝モノ〟を発見した。……それは1本の毛！だ。

左脛の裏側、脹脛《ふくらはぎ》のド真ん中に、長さ約2・5センチほどのホワホワっとしたものが……。

「ヒャ～、何これ……脛毛じゃなくて脹脛の毛⁉　ぜんぜん気が付かなかった。……いつから生えちゃってたんだろう……」

前述したように、私の無駄毛もこのところ、まるでご無沙汰。それゆえすっかり油断していたというか、気にも掛けちゃあいなかった。

本来ならばすぐにプチッと引き抜くに決まっているが、私としてはあまりに久し振りの毛で、なんとなく躊躇われてしまうのだ。
「まっ、いっかぁ。ホントに久し振りだもん、しばらく放っぽっとこっと!」
私はそんなふうに毛を容認し、時には仲の良い友人に「こんなの生えてきたぁ!」などと見せびらかしちゃったりなんかして……。
するとと友人らの反応が、これまた私の想像を超えたものだったので、いよいよ毛1本で盛り上がり始めてしまった。

友1「透明な毛なら福毛だけど、それはどう見ても普通の毛よね。しかも長いじゃないの」

友2「若者なら、即、抜くんだろうけど……。抜いたらもう、二度と生えてこないわよ!」

友3「私の眉毛見てみて。白茶の毛が何本か生えてるでしょ? こんなの絶対抜きたいのよ。でもね、抜いたら最後、もうそこから生えてこないらしいの。人から言われて仕方なくキープしてんの」

友人の眉毛は美しく長さが調整されていたのでまるで気にならなかったが、これまた放置してしまうと、昔の村山総理の眉毛のように長々と伸びてしまうらしかった。

ご老人達が長寿眉をなぜあんなに髭みたいにして生やしてるのか不思議だったが、あれは抜くともう生えぬことを知っておられるからかも……。

〝いつまでも　あると思うな　親と金〟とは誰が詠んだものかは知らぬが、髪もだなあ……と咄嗟《とっさ》に浮かんでしまうのだった。

さてこの毛、いかにするべきか……。

私のとっておきの入眠方法

オバサン5人のランチ会。

誰かが小籠包の美味しいお店を紹介すると言ったら、たちまち集まった。

オバサン会は決まって〝ランチ〟だ。

だって、ランチの方がディナーよりお得だし、お天道様があるうちに飲むお酒は、グラスワイン1杯だろうが生ビール1杯だろうが、いいカンジにフワッと酔いが回るのだもの。しかも食事のついでにナイスな食材をゲットできることもあり、一石二鳥！　外出前に家族に「夕飯はおでん温めて、食べてちょうだい」なんて伝言し、あとはお土産を持ち帰りさえすれば、その晩は心おきなく休息がとれるというものだ。

ハツラツとしたA子が言った。

「ランチ行くのは私達主婦の性《さが》だわね。夜の会だと、こんなにのびのびできない。亭主や姑に〝随分ゆっくりだねぇ〟なんて嫌味言われてさぁ。その点、昼間なら、誰にも遠慮なく遊べるもの。お昼寝カットする分、夜はグッスリ眠れるし……」と。

すると、A子の〝夜はグッスリ〟にB子が反応したものだから、本日のメインテーマは〝睡眠〟と決定するのだった。

B子「何、何？　A子ったら、お昼寝してんの？　昼食の後にってこと？」

A子「だって私、夜中に何度も起きちゃうから、昼間眠くってたまんないの」

B子「それさ、女性ホルモンがカラカラなせいよ。太りやすいのも、寝つきが悪いのも、血圧やコレステロール値が高いのも、全部そのせいよ。ホルモンを何とかしなきゃね」

C子「私は寝しなに、白湯にハチミツ入れて飲んでるの」

D子「私はマテ茶かホットココア」

B子「私、豆乳温めたり」

A子「ネットだと、あとオーツミルクよね。シゲルは何やって寝てる？」

黙って聞いていた私に視線が集まった。

「う～ん、そうね、お腹空くと眠れないから、私は寝しなに納豆にお酢をかけて食べてるわ」と答えた。

イソフラボンは女性に優しいし、お酢は一日の疲れを取り除いてくれるのだもの。

でも正直言って、さすがにアホほどは眠れなくなった。お酒を飲みすぎると、やはり夜中にトイレに起きる。一度起きると、今度は上手く眠りの続きを得ることができなかったりするものだ。……そこでテレビをつけたり、数独を始めたりすれば、いよいよ目がギンギンになって……。

実は私、そんな時、自分のよく行く飲食店の売り上げを、勝手に、目を閉じて計算し始める。もちろん、詳しいところは不明。それでも長く通っていると、おおよその予測がつくこともある。

「あの町中華、夜は行列してカウンターはビッシリ。夕方から23時まで何回転するかしら？」

羊が1匹、羊が2匹と数えるより面白い。

悪趣味とは思うが、羊やワニを数えるより、ずっと早くに寝落ちできるので、私のとっておきの入眠法をランチタイムに披露したものでありました。

皆さんも、いかがぁ〜〜!!

一日一善の運転手さん

暑さにクラクラ来て、目の前で信号待ちするタクシーに向かい手を上げてしまった。

「フー、アチチチだわぁ。ああ、タクシーは極楽だわね」

私は素直な気持ちを口にしつつ自宅への帰り道を告げた。すると……。

「お客様、まずはおしぼりをどうぞ」と居酒屋さんで出てくるみたいな使い捨てのを渡される。おまけに、「本当は麦茶でも差し上げたいんですけど、アメちゃんで勘弁してくださいよ。ラムネ味にコーラ味、カルピス味もありますんで」と、超親切な対応をしてくださった。初老の運転手さんだ。

私「うう、ありがとう。オバサンになると、もう誰からも優しくしてもらえないから、涙出ちゃうじゃないですかぁ～」

運「いやぁ、こんなの当たり前のことですよ。私ね、もう70代なんで、この先は1年

1年どうなることか……。仕事もね、自分の体調と体力を見て、勤務時間も決めさせてもらってるんです」

私「まあ、そうですか。とってもお元気そうですよ。それに人手不足ですもの、頑張っていただかないと……」

運「ハハハ、ありがとう。確かにね、人手が足りないねぇ。でもね、私はただ生きているのは嫌なんで、最近は一日一善を心掛けております。……フフフ、宮本武蔵のファンでして」

〝一日一善〟という言葉を残したのは宮本武蔵かも……という説があるようだが、一般的には不明。剣術の奥義などをまとめた『五輪書』が有名で、世の中は〝地・水・火・風・空〟という5つの要素で作られているという五大思想を述べた。武蔵の35の人生訓を心の指針とする人が多いと聞く。

私「一日一善ですか……そのお気持ちが素晴らしいですね。私なんかダイエットのために、せいぜい〝一日一膳〟を心掛けるのが精一杯で……。アハハハハ」

運「私、この間は街路樹の巣から落っこってきたカラスの雛を助けました」

私「……あっ、ウッ、まさか保健所に？」

運「いやぁ、あんなに小さいのに処分は可哀想だから、野鳥に詳しい近県の友人に頼みました。餌を与えて、山に放してくれると思いますよ」

暑くて何かと息苦しい夏の時期に、何とも爽やかな人に出会ったものと、とても嬉しかった。そして、私の耳にも彼の〝一日一善〟という声がキラキラ残ったのである。

「私も一日一善やろう。何だっていい、どんなに小さな行いでもいい。面倒臭くて見て見ぬ振りをしてること、多いんじゃあないかしら」

私はこれ以降、小さなゴミ袋を携帯し、タバコの吸い殻や空き缶などを見掛けたら拾って定められた場所に捨てるようにしている。

特に踏切内のゴミが目立つ点に気が付いた。万が一、お菓子の箱や袋が線路のレールの隙間にはさまって、大きな事故につながったら大変なことである。

踏切内でウロウロするオバサンと咎《とが》められぬよう気を付けて、頑張りまぁす♡

世界一の睡眠不足

唐代の詩人〝孟浩然《もうこうねん》〟の『春眠暁を覚えず』という詩の一節が、春になるとポワ〜ンと浮かぶ人は多いと思う。

春の夜がとても眠り心地がよく、朝がやって来たことに気付かないで、つい寝過ごしてしまうよ〜という意味であるけれど、私はここのところ、夜の眠りが浅くてむしろ昼間にウトウトしてしまいがち。

「おっと〜、ダメダメ！　昼寝すると夜遅くまで目がギンギンに冴えちゃうから」

私は自身に仮眠を禁じ、必死で瞼をパチパチ、頬っぺをつねったりしているのだ。

そんな中、つい先日、地元富山の放送局KNB「女性セミナー」で講演をするに際し、富山女性に関する最近の資料に目を通した。

富山県民の特徴がよく表れているランキングといえば〝持ち家率〟〝貯蓄平均額〟

〝温水洗浄トイレ普及率〟〝エコバッグ持参率〟〝昆布支出金額〟などが毎年かならず全国ベスト3に入っているのだが、女性に特化するとどうなるのか、私は興味津々……。すると、「ヤヤヤヤ、女性の睡眠不足全国ワースト1位⁉ マジでぇ？」と驚いた。

全国健康保険協会による数年前のデータではあったが、寝不足の女性の割合が48・4％と断然のワースト1（2019年度）。そしてその理由が、共働き率が高く、家事との両立で睡眠時間が削られていることが考えられるらしい。

ちょっと待てよ。……ということは、日本が世界一睡眠不足の国だと言われているのだから、我が富山女性達は世界一睡眠不足っつうことになるわけかぁ。

ところが、睡眠不足は肥満になる傾向があるにもかかわらず、肥満度に関しては全国一低く、しっかり痩せちゃっているんだわねぇ。

「寝不足で痩せてるなんて、どんだけ働き者なんけぇ〜‼」

私はそう漏らさずにはいられず、さらには子供の頃に書いた自分の作文まで思い出してしまった。

あれは同じ町内でお豆腐屋さんを営む友達のお母さんのことに関してだった。商店街で一番早起きさんは誰？……というところに着眼し、子供ながらにあれこれ考えた。

「一番早起きは魚屋のオジサン。いやいや、それより早いのはパン屋のオバサン。あれっ、新聞配達のお兄さんや牛乳のお姉さんはもっと早いかも。ううん、本当は町一番はお豆腐やさんのオバサンながいちゃ～」

こんなふうにきっと書いたと思う。

お豆腐屋のオバサンは町一番の働き者のうえ、とても親切な人だった。銭湯に毎晩行くと町中のお年寄りの背中をせっせと流して回って、常に自分のことは後回しだった。「いつも、しまい風呂になって」と、番台の奥さんが気の毒がられるほど。なのに朝はまだ暗いうちからお豆腐作りに励んでおられると評判だった。

夏休みに友達の家へ泊まりに行ってこの目で真実を確認し、ありのままを綴ったのだっけ。

世界一睡眠時間が短い町で、誰よりも働き者の友達のお母さん。

「間違いない。オバサンたら、ちっとも寝てなかったんだねぇ」

休むことなく勤勉な彼女の姿はとても清々しく、今もこの胸に刻み込まれているのでありました。

私のレーゾン デートルはいかに

朝、愛猫タマに起こされ目覚めた。

「ああ何時？　もうお腹空いたのぉ？」

もぞもぞ布団の中から手を伸ばし、テレビリモコンのスイッチをONに。画面上には、NHKの三條雅幸アナがキリッとした背広姿で現れた。つまり、早朝の『おはよう日本』のようだった。

そしてそのうちだ。昨日から今朝にかけての様々なニュースが現場の映像とともに映し出されていくのだけれど、私はまだボンヤリとした頭で、「あれぇ!?」と、ちょっとした違和感を覚えた。

一つ一つのニュースを伝える声が三條アナではなく、別の男性アナと女性アナの声で代わり番こに……。いやいや、そんなことは各局でよくある番組構成だ。リポートしている本人の声だったり、事件発生現場の地方局のアナウンサーがニュースを担当する場合もある。

では何にハッとなったのかというと、画面向かって右上に小さな表示があるのに気づいてであった。

「このニュースの音声はＡＩがお届けします……って、何？……ＡＩ……つまり人工知能が読んじゃってんの？　嘘〜ッ！　ＮＨＫでぇ？」

完璧な発音とスピード感、間の取り方であった。「う、上手い！　ちっとも機械臭がない。聞きやすいじゃないのよ、これ。どうなのぉ〜」

私はちょっと前までの様々な分野で活用されていたＡＩ音声からは格段の進化を遂げている点にまず驚き、さらに民放ではなくＮＨＫさんがＡＩ導入に踏み切ったことに二度驚いた。

「だって『おはよう日本』なんて全国のお爺ちゃんお婆ちゃんも観てんのに、ＡＩなんてびっくりしちゃうんじゃなあい？　ひょっとして今時だから経費削減？　た、大変なことに……」
２０１９年のＮＨＫ紅白歌合戦で美空ひばりさんのＡＩが熱唱するのを観たが、正直言って怖いのと切ないのとで正視できなかった。しかし、まさかあれからこんなところまで進んでいたなんて⁉

「どうりでナレーションの仕事が減るわけよね。そんなのまだまだ先だと思ってたのに、ＡＩめ～」

布団の中で愛猫もウ～と恨めしい声をあげてくれたが、いやはや冗談じゃない。正確な発音ばかりか、場面に応じた多少の感情表現もマスターできるようになれば、こっちはもうお手上げである。

そういえば、昨今のアニメ流行りで声優の養成所に通う友人の息子が言っていたっけ。

「ヤバイっす。ライバルはもうＡＩになる。将来性あるって思ったのに声優いらないよね」

私は〃機械になんか負けんじゃない〃と励ましたけれど、どうやら彼の未来予測が当たるようだ。景気の悪さや少子化を盾に、ＡＩ化は各方面で着々と進み、人の仕事が取って代わられるのだ。

かくなる上は方言をたくさんマスターし、個性を売りにしようか？……なんて思いきや、それもＮＯ！　すでに各地の〃訛《なま》るソフト〃が登場していた。その道に詳しい人に聞いてみたら「今んところ、ＡＩが話せないのは津軽弁だけらしいよ」とのこと。

先行きに不安を感じ、焦りまくりの私です。

※レーゾン デートル＝存在意義の意味

ヘコム貧乏財布

そのことに気付いたのは、ここ1カ月ほど前だった。

「何だかおかしい、このお財布。アッという間に空っぽになってるカンジ。見れば、いっつもペッチャンコだわ」

それは猫柄の大きなガマ口で、戸棚にしばらくしまってあったものだった。

「Kちゃんがいつだったかお誕生日にくれた品。ふた口のガマ口なんて洒落てる。こっちに小銭、こっちにお札を入れよっと」

使い始めたのはこの3月のこと。

暦の上で春に新調する財布を〝春財布〟と呼ぶ。財布がパンパンに張るにひっかけて春財布だ。金運を上げたいのなら春に替えるのが風水的に良いとされているのを思い出し、私はウキウキしたものだ。

それまでの私ときたら、中ぶりのジップロックにお金を入れていた。バタバタと忙しい日々の中で小銭も上手に使おうとすると、中身が透けて見え、手を突っ込めるのが一番である。

混雑するレジでスマホなどを使用して支払いしない私は、他所様《よそ》からするとノロマなオバサンに違いあるまい。ならばせめてジップロックに。小銭もしっかり使いたいから普通の財布は向かぬと思えたゆえに。

それでも風水に詳しい友人から「そんなジップロックなんて……。お金持ちから財布をもらうと金運アップ！　逆に借金で苦しんでる人からのギフトは危険」との助言をもらって、一度だけおねだりしてみたのだ。

私の周辺で一番のお金持ち夫妻から「今度、お食事を」と誘ってもらったタイミングに、「お食事は私がセッティングしますので、お願い、私にお財布をいただけませんか？　高価な品でなく、ごく普通ので」と……。

私もズウズウしくよくも言えたと思うが、相手は「春財布ね」と察しが良く、パープル色のスコブル上品なお札入れと小銭入れをプレゼントしてくださったのだ。

正直、それを使っていた頃の自分は、なかなか実入りが良かったと思う。しかしながら、大事に使っても徐々に汚れが目立ち始め、今は貴重品入れとして保管している。さすがに「もう一度」とも言えず、再びジップロックが財布として返り咲き、そして今は猫財布にチェンジしているというわけだった。

私は猫財布に朝、パンパンに小銭を詰め、お札はなるべく使わぬようにと心掛けていた。なのに一体何を買っているのだろう？ 2日と経たぬうちに財布はすぐにペシャンコ、お札もきれいに消えてしまっているのだもの……。

「変ッ！ 絶対に〝金食い財布〟だ、これ」

気になって、前出の風水好きの友人に尋ねてみる。すると……。

「あるよ。〝貧乏財布〟って言うの。風水では、キャラ物は金が逃げる。花柄・水玉・模様物は交際費が嵩《かさ》む。古い財布もNG。赤色は〝赤字〟でバツ！ そして一番アウトが借金やローンで苦しんでる人からもらう財布。悪運を財布が吸ってるから、他人にバトンタッチするからね」などと声を潜めた。

私はKちゃんの（財布をくれた）家の事情に思いあたった。……でも怖くて書けない。せっかくだったけれども、〝金食い財布〟はレシート入れに格下げさせてもらった次第です。

あの頃、カンバック！

深夜、なかなか寝つけず、テレビのリモコンでザッピングしていたところ、若かりし頃の俳優・山﨑努さんの渋味のある笑顔が画面いっぱいに広がった。

「ああ、山﨑さん。お若い〜！　何だろう？　これ、再放送……」

ボリュームを少し上げ、しばらく見入っているうちに、それが昭和時代に放送された松本清張原作の『ザ・商社』であることが分かった。

片岡仁左衛門さんに佐分利信さん、佐藤慶さんなど懐かしの名優の演技に魅了されているうち、夏目雅子さんがピアニスト役で登場し、私の眼《まなこ》はいよいよパッチリと冴えまくったものである。

夏目さんといえば、映画『鬼龍院花子の生涯』や『時代屋の女房』などの華やかな演技がファンの……特に男性ファンの心を鷲掴みにしていたのに、27歳の若さで白血

病により旅立ってしまわれたのだった。

「ああ、やっぱりきれいだわぁ。お元気だったなら、名作がいっぱいできたに違いないのに……、もったいない」

思わずそんな独りごとを呟いて、画面の中の彼女に見惚れていた。

と、その時だ！　恋心を抱く山﨑さんの前で、ガウン姿の夏目さんが突如その紐を解《ほど》き、ハラリ脱ぎ捨てて、美しい胸元を曝け出してしまわれるではないか!?

「そんなぁ……ウッソ〜、エエ〜!?」

私は声をあげつつ、横になっていたものを飛び起きてしまう。

「マジでぇ？　裸って……吹き替えじゃないよねぇ。夏目さんの顔入りのウエストショットだもの。一瞬どころかこんなにズーッと」

抱擁を求めるものの、山﨑さん側が優しくそれを窘《たしな》めるという場面だった。

チャンネルは天下のＮＨＫ、演出は名匠・和田勉《べん》氏。再放送ゆえに深夜の深い時間でやっているけれど、昔はもちろん、一番押しのゴールデン枠でのオンエアだったと記憶する。

　放送業界でザワつくＢＰＯ（放送倫理・番組向上機構）問題を思うと、今では絶対にもう撮れない名場面とも言えよう。

「子供が観ちゃあ良くないってんで、裸やラブシーンが極端になくなっちゃったもんねぇ。裸とラブシーンがなきゃ表現できないことってたくさんあるのになぁ〜」

　続けて私は再びブツブツと……。

　だって私達は『時間ですよ』の銭湯シーンや〝コント55号〟の野球拳をテレビで観て育った世代だ。子供は誰もがドキドキハラハラして観ていたけれども、大人になってその影響で道を踏み外した者は、私の周りでは一人もいない。

　テレビで得たことのマネをし、学校で叱られたが、それがいつしか皆で大笑いできるかけがえのない思い出になったものである。

　外からの規制、内からの規制でつくづくつまらない時代になったものだと、最後は大きな溜め息をつくばかりだった。

さあて、誰のイビキでしょう？

女友達3人で1泊2日の小旅行へと繰り出した。

そもそも私が、〝福井って、とっても良い処。温泉は豊富だし観光名所がたくさんある。しかも食事が超絶美味しいの！　今、北陸新幹線を金沢から西に向けて延ばしているから、いずれ福井の時代が来るわよ〟なんて褒めまくったもんだから、「だったらすぐ行こう」「混む前に行こうじゃないの」と相成った。

ところが、梅雨が明けたせいか、はたまたすでにブームが来ているのか、温泉宿や駅前ビジネスホテルはどこも混み混み。調べに調べて福井市郊外の天然温泉かけ流し大施設を有するレトロなホテルを予約したものだ。

恐竜博物館をじっくり見学し、市内の人気レストランで早めの夕飯をと17時には乾杯～！　九頭竜川の鮎と富山の庄川の鮎の食べ比べや、地元名物へしこをお酒のあてにグビグビと。いやはや、日本酒の進むこと進むこと。福井のお酒の素晴らしさと言ったら、改めて感激した。

たっぷり遊んで、呑んで食べて、ゆったり温泉も堪能し、女3人福井旅初日を終え、至福の眠りについたのであった。

さて、ところが——。朝、目覚めてじきに露天風呂に浸かると、友人らが「シゲ、イビキ凄かった。眠り浅いかも」「時々フガッて止まってさ。息してるか心配したよ。無呼吸症候群の検査したら？」とマジ顔で言ってきた。

「ごめん、うるさかったね。ちょっと疲れてて」と、こちらは適当に答えるが……。

実は以前、脳ドックで片側に軽度の副鼻腔炎を指摘され、自分のイビキの有無を気にしていた。一応その後、検査するも大事には至っていなかったのであまり深刻に考えていないという現状であった。

「そうか、そんなに？」と思いつつも、昨夜は私の方も2人のイビキが気になったのを振り返った。

私はここ3日ほど、3時間睡眠という寝不足が続いたため、2人より早く寝落ちしてしまい、しかし3時間して一度目を覚ました。ここ最近のリズムがそうだったためと思われるけれど、この時に喉がカラカラだったので、「さては私、大口開いちゃってたのね」と自覚もする。

トイレに立ち、ベッドに戻り、水を飲んで横になると、2人のイビキが様々な音色で私の耳に……。

「ウフフ、恐竜の夢でも見てんのかなぁ？」と無邪気なイビキにクスッと笑いを漏らしたものなのだ。

私は自分を心配してくれる友人らに「そっちこそ」などとは言わない。それどころか、とてもありがたかった。

やっぱり娘時代の体調とはまるで違ってきているのだと反省し、東京に帰ってからはイビキ対策をしっかり考えねばと思った次第である。

さて、以下はその対策！

①肥満を何とかすべし②深酒禁止③舌を動かし口内体操④就寝前の腹式呼吸、など。
そして早速、鼻孔を開くテープも買った。
鼻が横に広がり、私のダンゴっ鼻が心配になる。
しかし、〝容姿より長生き〟と己に言い聞かせ、静かな安眠を求めている。

家族葬と家族のけじめ

地方へ嫁いだ友人から手紙が届いた。

「この度は義母へのお供物料、ありがとうございました。家族葬ながら、見送った後も諸用が続き、すっかりご連絡が遅くなってしまい申し訳なく……」

文面は右のような内容。あと数日で米寿のお祝いだったはずの義母さんが、突然あっけなく逝ってしまわれたのだ。……とは言っても、彼女の友人である私達が知ったのも随分遅い。葬儀などとっくに終わり四十九日の法事のタイミングで人伝に聞いたので、お悔やみも間の抜けた時期になってしまった。

東京から彼女が離れてすっかり時間が経っていたが、何かにつけ連絡し合う仲間なので、気になり電話をかけてみた。

「もしもし、私よ。義母さんと仲良しだったのに、寂しくなったわね。大丈夫？」

「うん。やっと落ち着いたところ。でも、……やっぱり、大変だった……」

以前、遊びに行った時に〝姑というよりもまるで実家の母さんみたい〟と思ったくらい、2人は馬が合っていた。やっぱり、あんな楽しい姑さんがいなくなると、日に日に寂しさが募るのであろう。「ああ、そうよね……、ジワジワとね……。大変だわ、気持ちの整理がね……」などと、こちらも慰めの言葉も上手く出てこないのだが……。

さらに話しているうちに、彼女の言う〝大変〟の意味が少々違っていることに気がついた。

友「もう、田舎で家族葬なんてやるもんじゃないわよ」

私「エエッ？　どういうこ……と……？」

友「だって地方の人は皆、毎日、新聞の死亡欄をチェックする習慣でしょ？　誰がいつ亡くなったかなんて町中の人が知ってんのよ」

私「うん。うちの富山も同じ。でも、〝家族葬で〟って載せたんでしょ？」

友「そこよぉ〜。近親者でって分かってても、田舎はそうはいかないわけよ」

つまり……地方は村社会ゆえ、人々の関係や付き合いがそんなに単純ではない。故人本人を知らずとも、家族の誰かが、故人の家族と親しかったり、仕事をしていたりとか……、狭いエリアで皆が顔を見知っているし住まいも分かっていたりする。家族葬ゆえさすがに葬儀に出席しての直接の弔いは遠慮するものの、初七日過ぎた頃を見計らって、皆が各々、自宅へお線香をあげに行ってしまうということらしい。

コロナ禍の密葬は理解するが、お線香一本あげぬのは非人情すぎると思う人が多いのであろう。私もそう思う。

友「もう次々と〝ご免ください〟って。お悔み言われればお茶も出すし、義母の思い出を聞けば、こっちも一緒に泣いちゃうわけよ。そんなのが1カ月、2カ月、ずっと続いてんの。もちろん、故人にとっては悪くないと思う。でもねぇ、大変なの！　これならマスク二重にはめてセレモニーホールで盛大にやった方が結局は良かったわよ」

声を潜めて漏らした友人の愚痴にナルホドーと電話のこちら側で私も頷いた。

都会で著しく増えている家族葬を、〝近親者みずいらずで良いのかも〟と思っていたが、一般的に、田舎とは人間関係の濃度が違うということのよう。もちろん、どっちが良い悪いというのはない。

しかしながら、故人を偲んでくれる人に会うことこそが、家族にとって、本当の意味での〝けじめ〟になるのでは？　と、やっぱり考えてしまう次第だ。

チャプチャプ水を飲み……

ある時、撮影の現場に付いてくれていた若いメイクさんに言われた。

「ムロイさん、お水飲んでくださいよ。お宅の社長さんから言われてるんですから。〝ムロイったら本当にお水を飲まないのよ。この暑いのに。しょっちゅう言ってやってちょうだいね。もうお化粧なんか崩れててもかまわない、とにかく水を〟って！」

確かに、その通り。私はあまり無闇に水を飲まない。巷で〝1日2リットル〟などと言われている現代の健康法を知らぬわけではない。ただ、常にペットボトルを携えてしょっちゅう飲むという習慣がなかなか身につかない。

昔は、中・高の部活動の最中もひと汗かいたらすぐに、〝水！〟という具合ではなく、大学で演劇をやっても稽古の途中で水を飲むことは許されなかったと記憶する。

それが今や、学生さんは皆、誰もが机の上に飲料水を置いて授業を受けているのだから、私のようなオバサンは驚いてしまうのだ。

「水なんか飲みたがって、集中してない証拠！」と指導の先生や先輩から、耳にタコができるほどに言われたあの日々は一体何だったのだろう⁉ まさに、〝水を飲みたいなんて感じぬくらいに集中しなさい〟という教えだったと思う。

今の医学からしてそれは、大間違いだったに違いない。それでも私達は水を求める生理的現象を忘れて、目の前のことに集中すべきと思い、実際にとても頑張っていた。誰もが。……そういう時代だった。

さて、今の人々、特に若者は、水を飲みながら勉強や仕事を行う習慣のせいというわけでないにしろ、集中力がひどく衰えていると問題になっていると聞く。

数年前の海外企業調査によると、一つの物事に強く深く集中できる力は現代人が8秒、金魚が9秒とのこと。つまり現代人は金魚以下の集中力ということになるが、この傾向はどんどん進んでいるらしい。情報通信技術の進化により著しく環境が変化して、溢れかえる情報の中で、その実、皆、何もキャッチできていないという恐ろしい現実のよう。

若者中心に増えている「デジタル認知症」は記憶力・集中力・注意力が低下する。まさか!?と思える現代病であるけれど、ここのところ、私の周辺でも「ちょっと気をつけた方が……」と感じる若者が増えている。

例えば、映画の観賞。彼らはあの2時間あまりの物語を観るのが苦痛で、凄い労力がいると漏らすのだ。ましてや、自宅で外国もののドラマシリーズなど、あまりにも長々と続くので途中でギブアップ〜。……そう言われると、こちらとしてはお話にならぬとガッカリしてしまう。

スマホの縦型画像が若者に人気で、すでに映像の世界はそちらにどんどん移行しているのだ。

昔の傑作映画『旅芸人の記録』（230分）や『1900年』（316分）の感想を述べても、今に誰にも理解してもらえぬ日がやって来るようである。

誰よりも頼りにしています

自宅の洗面台電灯もコンセントも反応がなくなり、修理を頼んだ。

家の近くに頼りになる電気屋のお兄さんがいる。大手の家電ショップで買い物をする方がかなり安く、ポイントなどのおまけも派手なのは承知している。しかし、電気系ばかりは身近にすぐ対処してくれるところが一番だ。

故障した時に商品メーカーに連絡をし、音声ガイダンスで延々と待たされたあげく、スケジュール調整もままならない。さらには、やっと来たのに〝もう部品が古くてないっす〟なんて言われてしまうと最悪だ。しかも家電ばかりは何かと急を要するものが多い。よって、親身になって、分かりやすくレクチャーしてくれる人が絶対に必要だと思うのだ。

中々そういう人と出会えなくてイライラしていが、知人からの紹介でお兄さんに出会えて、本当に助かっている。

電「ああ、これ、洗面台専用のヒューズがおかしいのかも。ヒューズをチェックしますね」

お見事！　故障の原因は洗面台内部の電気系統ではなく、大本のヒューズであった。

私「わぁ～助かったぁ。洗面台まんま取り換えなんてなったら、とんだ出費になるってヒヤヒヤしてたのぉ。わぁ～ホント、嬉しい！」

気を良くした私は、ついでにと、手の届かぬ場所の電球をＬＥＤライトに替える作業に取りかかってもらう。

私「ありがたいわぁ。私、この辺で困ってらっしゃるお年寄り、何人も知ってんの。紹介してあげていいかしら、お宅を～」

高齢者にとっては昨今、バッテリーが突然火を噴くだのと、様々な内蔵されているものが自分たちの理解を超えている。

電「そうねぇ、熱を持ったり、液漏れに気付かないと怖いですよね。色々書いてはあるけど、あんな小っちゃい字、そもそも読めないよね」
私「おまけに捨てる時がまた困る。ものによっては不燃ゴミも粗大ゴミもアウトでしょ？　有害物や危険物は購入店か専門業者に処分頼まなきゃあ、まずは分類が難しいもの」
私が真剣に訴えると電気屋さんはムフフという妙な笑い声を漏らすのだが……。
私「何か？……おかしい？」
電「アハハ、この間のおばあちゃんを思い出しちゃって。納戸から大阪赴任中の息子さんのパソコンがバケツに入った状態で出てきたんで本人に確認したら〝捨てて〟って。おばあちゃんも色々テレビ見てるから自分が迂闊に捨てて息子の秘密でも漏れちゃったらエライこと！って思って……、捨てる前に塩水に漬けててみようって……」
分かる！　その気持ち。私も、古いＦＡＸ機や電話機をゴロゴロ溜めている。いつか熱湯をかけて処理しようかと思っていた。
電「おばあちゃん、〝もう1年漬けてるけど、そろそろいいかしら？〟って」

私「で……何て答えたの？」

電「〝う〜ん、あと2年ほど漬けといてください〟って。アハハ、そんなアドバイスを」

梅干しやらっきょう漬けと並んだ塩漬けのパソコンを想像し私も噴き出した。

いやいや私とておばあちゃんを笑えない。しっかり教わらねば、そのうちいろんな機器をみそ漬けや粕漬けにしてしまうかもであります。

私の朝のラッキー、〝ヤクルト1000〟

モーニングをしに喫茶店へと自転車を漕ぐ。すると、一本道の前方から自転車やバイクを颯爽と走らせるレディさんの姿が！

「ヤッター、レディさんだぁ。今朝はついてるぞ」

私の朝のラッキー、それは訪問販売に精を出すヤクルトレディさんに出会うことだ。路上で商品を積んだ冷蔵ボックス付き自転車を発見すれば、私は当然、レディさんが近隣の配達から戻られるのを待ち伏せする。そして彼女に近付くと……。

「おはようございます。もしかして、〝ヤクルト1000〟をお持ちじゃないですかねぇ？」と、縋《すが》るようにして尋ねるのだ。

皆さんもご存じのように、ここのところの〝ヤクルト1000〟の人気ったら凄まじい。〝やくせん〟なんていう愛称まで付いているほどだ。何てったって1000億個もの乳酸菌シロタ株が入っているというので、発売当初から興味津々であった。

大関貴景勝のカッコイイCMの中で〝ストレス緩和・睡眠の質向上〟と謳《うた》っているのを見、すぐにヤクルトファン（プロ野球）のオヤジがいる軽食店で、一緒に定期購入を頼んだ。オヤジがスワローズの何か特典をもらえるのか否かは知らない。しかし、自分の留守時の配達を気にせずとも都合が良かったので、助かった。

元々ヤクルト味が大好きだった。Y50やY400よりも大きなボトルで飲みごたえがあり、私は大満足だった。効能の方は、私自身に不眠やストレスでの悩みがないのでキッパリとは言えぬけれど、より一層体調が良い気がした。友人らに勧めると、彼女らは便秘の改善や、夜中に目を覚ますことが減ったと大喜びしたものだ。

そしてそのうち、人気に火がつき、スーパーやコンビニの棚にも並ぶようになったというわけだ。こうなると、手軽に求められるのでオヤジのお店のお世話になる必要がなくなり、定期購入を打ち切ってしまう……。ホントはあのまま続けておくべきだったのに！

今やもう爆発的ヒットで品薄状態が続き、まったく手に入らなくなってしまった。時折、駅構内やデパート近くで自販機を見かける。「帰りに買おう」なんて甘いことを言っていると、こちらも絶対に買えない。いっそ自宅の空きスペースに自販機設置を申し込んでみようかとも考えたが、多分それも申し込み殺到かもしれぬ。家庭の宅配だって順番待ちの状態というのだから。

仕方なくY400を3本ずつ飲んでいたら、何だか太ってきたように感じる。あの効能は10億個／1㎖という高密度だからこそらしいという噂も聞いた。

〃ないと思えば思うほど、絶対に欲しい！〃のが人情。私の頭の片隅では常にY1000を求めるセンサーが働き続けているのである。

ああ、だから私ときたらレディさんを見掛けるとかならず声を掛けてしまうのだ。

朝の出会いは特に良い。そして、「7本1パックだけならありますよ」なんて返事をもらった日にゃあ、もう両手を合わせて拝みたくなる。Y1000を飲む1週間は気持ちが〃上げ上げ〃なのでありました。

大根どの……の巻

ＦＭとやまで山形地方に伝わる民話『だいこんどののむかし』を朗読した。

ロシア民話の『大きなかぶ』によく似た昔話だが、この大根は口が利けて、村を守る不思議な力の持ち主。おまけに、弱気なその性格が何ともチャーミングで、「ゆきおろしさま」を「だいこんおろし」と勘違いし、「オラ、おろされっかと思ったぁ」とメソメソ泣くあたりが堪らない。私はほのぼのしながら読んだものである。

民話や童話の世界ではいろんな動物や植物、あの世の者もお化けも、山も川も月や太陽も、車も電車も、鉛筆やノートだって擬人化され、性格を持って登場する。

善悪のハッキリしたストーリーや教訓を示したものも少なくない。よって悪者としてオオカミやキツネなどをよく見掛けるが、逆にとても呑気だったり可愛かったりすることもあったりする。

さて、この民話では〝だいこんどの〟にとてもシンパシーを感じたのだけれども、私達役者の世界で〝大根〟と徒名《あだな》されようものなら、誰もがピクリと引きつった表情を見せるであろう。皆さんもテレビドラマを観ていて、ついつい呟くことがおありでしょうが……。「チッ、大根役者め〜」という、あの大根は芸がまずい役者を嘲笑した語として使われるわけだが、その語源は諸説あるようだ。

①大根の根っこが白いところから〝素人〟に掛けた。②下手すぎて、その配役から降ろすを、大根をおろすに掛けた。③大根はどのようにして食べても腹を壊さないので〝あたらない〟の意味。④下手くそな役者ほど、おしろい（白い粉）を塗りたくなることから、白い大根を連想させるゆえ。⑤場をしらけさせてしまうことから、大根の白に掛けた。⑥演技がなっておらず人の役がまわらない人に、昔は馬の足を演じさせた。その馬の足が大根を連想させたから。⑦昔は役者の付き人を〝ダイコウ（予備の役者）〟と呼んでいて、それが〝ダイコン〟と訛ったと言われる。

……などなど、そりゃあもうバラエティーに富んでいて驚いた。発祥は江戸時代で、歌舞伎見学の庶民が野次を飛ばしたり悪態を吐いたりする際に使ったと言われている。

知れば知るほど私達にとっては恐ろしいものだが、それでも仕事現場では、ちょっぴりホッコリする言葉として伝わってくることもある。

「A君て大根だけど、そこがいいよねぇ」とか、「大根であることがスターの証し」とか……。何だか誉めているのか貶《けな》しているのか分からない気もするけれど、そこには器用貧乏な役者で終わるなという愛情も感じられたりするのだ。

さて、これからお鍋におでんと、いよいよ大根の美味しいシーズンがやって来る。食卓で顔を合わす大根に、自分はどんな想像を膨らませるであろうか……。

一緒じゃなきゃ不安なの？

友人がどうしても私と一緒に『七人の秘書 THE MOVIE』を観たいと言うものだから、TOHOシネマズ六本木へ繰り出した。

自分の出演作品は試写会で観て、さらにかならず劇場でも観る。スタッフら関係者と力を合わせた作品がいよいよ試写となるのはとても嬉しいものだが、そこには少々緊張も伴う。公開になって友人や一人で観賞して初めて、真っ新《さら》な気持ちで集中できるというものだ。

「ウフフ、楽しかったぁ」と、友人はとても喜んでくれた。そして、「シゲルったら、自分の出てるシーンなのに大声で笑うんだね。それがとっても面白かったし」とも言った。

彼女の感想にひと言コメントするならば、〝いやいや、若い頃はこうじゃなかったのよ〟と言いたい。自意識過剰で、自分しか見ておらず、心臓が上映中ずっとバクバク音をたてていたもの……。それが年を重ね、今ではもの凄く冷静に観られてしまうのだ。いや、もっと、まるで他人を見てるカンジすらする。作品としてすでに独り歩きしているものに対し、「もっとああすればよかった」とか「ちょっぴり訛ってたかなぁ？」なんてぇことはまったくなくなってしまった。

近くでお茶を飲みながら、今度は私が彼女に聞いた。

「普段、映画はかならず誰か誘うの？　一人で行ったりしないの？」と。

友人は「一人でなんか絶対に行かないよぉ」と目を真ん丸くして首を横に振る。

「私ってね、何か観るのは一人じゃ嫌なの。だって、つまんないじゃない。昔っからそうよ」

〝そんなに子供っぽい人だったっけぇ〟と私は心のうちで呟くが、次に彼女が続けた話にとても興味を持った。

「ほら、いつの頃からかしら、テレビのバラエティーやスタジオありきの旅モノってさ、画面の端っこに小窓が出るようになったじゃない？　昔はあんなのなかったよねぇ。今から思えば元祖リモート会議みたいなもんじゃなあい？　何かの再現フィルムや食べ物ロケなんかを小窓に映った他のタレントさんと一緒に観てるっていう……あれ、いいわぁ〜〜。賑やかで、盛り上がるよねぇ。最近は田舎に帰省しても地方局も皆、あのスタイルだから、安心してテレビ観てられるぅ〜〜」

彼女には悪いけど、私はあの小窓（ワイプ）が好きでないのだ。何でどこもかしこも小窓ばっかりになったのかと内心憂いていた。しかも、自分とて、何かに出演すればあの小さな枠の中で馬鹿口を開けて笑っていたり、眉間に皺を寄せて仏頂面をしていたり、とにかく不用意に映ってしまっているのだもの。

「ねぇ、あんたさぁ、旦那も元気だし、子供だって2人とも結婚してないんだから、家の中、賑やかでしょうが。たまには独りぼっちで静かに観賞した方がいいんじゃないの？」

私は楽しみにしていた映画はとっとと一人で観に行くことが多い。

日本人は皆、仲良く一緒じゃないと安心しない傾向にあると思う。逆を言えば、友人は今、無意識に社会や自分の暮らしに不安を感じ、防御の態勢をとっているのかも！……。そんなことを思った次第だ。

オバサンを舐めんなよスイッチ

久し振りにやらかした。東京駅へタクシーで向かう道すがら……。

裏道を通り抜けようとしたタクシーの目の前にトラックが止まっていた。アパートらしき集合住宅を建てているようで、資材を降ろそうとしている。

「あ〜、困った。横を通れない……。もうすぐそこが大通りなのに」

運転手殿は独り言のつもりか、はたまた私に報告しているのかは不明。とにかくグズグズされていた。

そこで私、イライラを隠さず言った。

「ねぇ、後ろに戻るのこの距離じゃ無理でしょ？　ブーッて鳴らしたらどお？」

すると、とりあえず、ブ〜〜を1回。

トラックの運転手のお兄さんが降りてきて、こっちをギロリ睨んだ。深く剃り込んだボウズ頭に細眉、赤シャツに金ネックレスのその人はかなり迫力があった。

「ほら、気が付いたじゃないの。もう1回ブーッて、鳴らして〜〜」

ところが年の頃40歳ほどの運転手殿は「いやぁ、そんなにブーブークラクション鳴らしちゃあダメなんですよぉ」と、ぬけぬけとほざかれるではないの⁉

運転手殿はアウト。宛《あて》にならぬと判断！

〝仕方がない、私が行くしかないのねぇ〜〟的なチェッという舌打ちをして、私が降りた。

「ちょっと、通れないの。道をあけてよ」

真っすぐボウズ頭を見て言った。が、彼は「俺は知らねぇ。これ運んでるだけだからよ」ときたもんだ。

たちまち私、〝オバサンを舐めんなよ〟スイッチが入ってしまった。

「ちょっと〜、現場監督、出てこいよぉ〜。工事すんなら当然許可取ってんだろうねぇ。道の入り口に看板も出さなきゃ、警備員も立たせてないんじゃ、通報するっきゃないけど」

一応私、女優なので声が恐ろしくデカイ。辺りに響き渡ると、慌ててヘルメットのオッサンが走ってきた。

オッチャン「あ〜、積み荷降ろすまで待ってもらえ……」

私「冗談じゃない！　アタシの新幹線は待っちゃくんないんだよ。すぐにどかないんなら、もう110番しかないからね」

私は言い放ちスタスタ戻って、次は運転手に注意を向ける。

「どうでもいいけど、これってお客のやること？　しかもずーっとメーター入れっ放しで料金どんだけ上がってんのよ。私がもっと口が悪かったら〝あんたたちグルじゃないの？〟なんて言いたいとこだけど」

運転手殿は焦ってメーターを保留にし、「失礼しました」と掠《かす》れた声を出した。

その後、トラックは動きタクシーも前進。遅れを取り戻そうと思ってか、運転手殿はさっきよりもキビキビと切れの良い運転になった。おまけに信号待ちのたびに〝保留〟を繰り返し、料金のマイナスに努めてくださるのだった。

とても気立ての優しい善良な運転手殿だ。

私は110番はしてもタクシー会社にクレームなんてケチな真似はしないので、降りしなに、「すみませんね、キツイ性格なもので。でも無線お願いしたら、また是非いらしてねぇ〜」と、マスクの中で目一杯の笑顔を作ったものである。

やっぱりアナログ盤ですね

今、若者の間でレコードが流行っている。中古品がよく売れるので、新たにレコードに録音し直すアーティストも少なくない。レコード売り場はなかなかの賑わいを見せているようだ。

ＣＤは音が調整され、かすかな楽器の軋《きし》みや歌声の掠れなどが消えてツルツルな印象。その点レコードは盤の中に丸ごと刻み込まれていて、目を閉じればすぐ間近で演奏や歌声を聞いている気がする。

調べてみたら、ＣＤには人間が聴こえないとされる周波数は収録されず、レコードには同様の周波数が記録されている……とあった。音楽好きの若者たちがアナログレコードの素晴らしさに気付いてくれたのは、とても嬉しい。

「ほれぇ、やっぱりデジタルよりもアナログじゃん‼」と、時代遅れの私は心のうちでパチパチ拍手して、ニヤニヤ笑いを浮かべてしまう。

配信中心の世の中になってCDが売れず、CDプレーヤーなどがどんどん消えてしまっているけれど、案外、最後に残るのはレコードなのかもしれないと思うのだ。

さて、レコード全盛の頃の昔を振り返ろう。

私の田舎、富山の海辺の町にも立派なレコード店があった。

お店の半分にはテレビやステレオ、冷蔵庫や洗濯機などの家電を陳列しており、半分にはレコードやいろんな楽器が並べられてあった。店の前にはビクターのトレードマーク、ニッパー犬の大きな置物や、ナショナル坊やが飾られ、美空ひばりさんや北島サブちゃんのポスターが貼ってあったと記憶する。

旧国道沿いの大きな商店街で、全ての物がそこで賄えるほどいろんな種類のお店がひしめいていたが、レコード店は格別に人気があった。

私は歌手や女優に憧れるような少女では決してなかったのに、その店ばかりは気になって仕方がなかった。ポップで華やかで、都会の香りがした。ゆえに、年下の男の子と遊ぶ振りをして、3日にあげずに通っていたものだ。

実際に昭和の時代、あちこちのレコード店で催されていたような歌手の握手会がその店でもしょっちゅう行われていた。ミニスカートの新人さんや赤い蝶ネクタイの演歌のオジサンが、ミカン箱台に登ってプロの歌声を披露され、私達はもう大興奮！

「もっと、もっと歌って〜〜」と、おねだりをしたっけ。

実は私自身が女優になって、映画『のど自慢』で売れない演歌歌手・赤城麗子を演じている。ちっとも世に出れずに最後の勝負をかけて『NHKのど自慢』に出場する役柄だったが、演じながらも何度となくあの頃のお店の景色が瞼の中に現れて胸がいっぱいになった。

あのお店で親にねだりまくって買ったレコードやソノシートは、今、どこにあるだろう。処分した記憶がないので、多分、実家の蔵の中に眠っているのかもしれない。

「音、出るかなぁ……。とにかく探さなきゃ」

若者のレコード人気のおかげで、忘れていたお宝を掘り起こす気持ちが湧いてきた。

もしかしてロボットという生き物!?

最新鋭の物に疎い私ではあるが、ここのところ、急速に見かけるようになったロボットには注目している。

大型食堂でチャーハンやパスタを自動調理するロボット。ホテルのフロントの受付業務や、様々なショップで商品説明に携わるロボットも。身近なところではコミュニケーションロボットが活躍していて、掃除や介護、語学レッスンの他、ペットの代用や、友達としてなんてぇ人間の心に寄り添ってくれる物まで登場している。

そんな中、つい先日、興味深い出来事が目の前で起きた。

東京近郊の町へテレビロケに出掛けた折、昼食をファミレスでと、マネージャーやメイクさん達と繰り出した。広々とした店内に店員さんはたったの2人。だが、そこには強力な助っ人がいた。猫顔をした自動運転の配膳ロボットだ。出来上がった料理をあちこちのテーブルに届けている。

「キャ～可愛い！」「愛想のないウエイターより、ずっといい」「凄いわぁ。ＡＩ搭載って子よね？　早くこっち来ないかなぁ」などと、たちまち私達はハイテンションに。

と、じきにロボット君はやって来て、メイクさんの背後で止まった。

「あらぁ～、サラダが一つ……。そっか、注文したパスタに付いてんのね」

メイクさんはウキウキとサラダを取り出し、立ち上がってロボット君を見回した。そんな拍子に彼女の椅子が少々横にずれ、そのタイミングでロボット君は、再び先へと動き出すのだ。

積んでいたお皿はサラダ用のが1枚のみ。空になったのだから厨房へとターンするかと思えばそのまま直進し、しかも2席向こうの窓際のテーブルの前で止まった。

2～3分後、その席から大声が響いた。初老のオジサンが、「オイ、サラダ来ねぇぞ」と言ったから、さあ大変！　私達は全員でメイクさんの前のサラダに目をやった。

「そうよね、あの子、〝おまたせ～〟とかって言わなかったし……。こ、これ、あっちの？」

彼女はそう言い切る前にサラダを店員さんに手渡し、さらに店員さんがそれをオジサンにと運んだ。

「バカヤロー、人に出したものを食えるかよ」と、当然オジサンの怒りに拍車が掛かってしまったのである。

ロボット君はこの間、頭の上の小さなライトを点滅させながらフリーズしたまんま、新しいサラダがオジサンに運ばれて、ようやく店員さんの操作で動き出した。

驚いたのは、ここからである。

ロボット君が厨房へ戻る道すがら、チクリと私達に嫌みを言ったのだ。

「ゴメンね、私のせいでオジサンに怒られちゃったねぇ」と、ロボット君の身体に触れてメイクさんが詫びるとちょっぴり拗ねたように……。

「だって〜、ここ通れないんだもん。困るよ〜」とか何とか、確かに言った。

私達アホ人間は、これにまた大興奮で、拍手まで送るのでありました。

今の社会の縮図を見たよ

師走に入りバタバタと慌ただしい。

都内ではあちこち工事をしていて、昼も夜も迂回《うかい》を求める看板が出されている。

「何でこんな忙しい時に、色々工事やってくれちゃうのかしら。予算が余って年内に使いたいところだらけなのかも……」

タクシーを無線で呼んでもクイックには来られず、時間を多めに見ておかないと、こちらが遅刻してしまう。もう、ヒヤヒヤだ。

そんな中、〝まさか!?〟の人に目を奪われた。

家の前の道がやはり工事中だったので、タクシー待ちできる四つ角に出て立っていた時だ。

光沢のある黄色い作業ジャンパー……その服そのものが少し先を歩いていくように

見えた。

「えっ？　ええ〜⁉　ジャンパーが歩いてる！　まさか。ヘルメットもして、リュックを引き摺って」

背丈は1メートルほど。ひょっとして小さな子供が勝手に着て悪戯《いたずら》してるのぉ？

……なんて思ったが、そうではなかった。

チラリと見えた横顔はけっこうなお年寄り。それもおばあさんのようで……。背中が丸く腰が90度に曲がっているゆえに、小さくて服が歩いているみたく見えたのだった。

ひょっとしたら認知が低下して徘徊中なのだろうか。電柱に脱ぎ置いた休憩中の警備員さんの一式を無断で着用しちゃっているのか……などと、突拍子もない思考を巡らしてしまう。

ただ、いろんな意味で〝危険かも〟と思ってしまったので、すぐ近くで仕事中の工事警備員さんに声を掛けたのだ。

こっちはとても若い男性だった。

私「ねぇ、あの前を行く人、おばあさんよね」

若男「そっすね、おばあさんっす」

私「あの黄色のジャンパー、あなたが着てるのと同じよね」

若「そっすよ～～、メットも靴もうちのっす」

私「……だ、大丈夫なの？　あの人……」

若「いや、大丈夫じゃないっすねぇ。だってこれと同じ誘導棒を杖にしちゃってるもん。誘導棒の使い方、分かってないかも」

若者のこのひと言で、そのおばあさんが彼らの仲間であることが判明した。

私「あっ、あの方もお宅の警備員さん？」

若「そうっすよぉ～～。車、けっこう通るんで、交通整理を」

私「でも、かなりお年よね。あんなに腰が曲がって、杖だなんて……。いいのぉ？」

さすがに驚いて大声で聞く、すると、「それが、うちって、上がけっこう緩いんっすよぉ」と苦笑いを浮かべる。しかし、それほどに気にしている様子はなかった。

杖が必要でも警備の仕事に就くおばあさん。

彼女の懐事情に同情してなのか、そもそもパート代を値切ることを考えているのか、そのキャラが不明の雇い主。

〝緩いけど、まっ、いっか～〟とちっとも頓着ない若者。

ああ、これらをNOと言ってしまっては、今の日本の社会は成り立たないのかも！

老女と曽孫《ひまご》ほど年の違いそうな同僚に、社会の縮図を見たのでありました。

あの水行が、私達を守る

朝のモーニングショーで、この冬の寒さに関して注意を促していた。

全国的に酷い寒さに見舞われるらしい。おまけに電気料金の高騰だ。誰しもが〝極力我慢〟と、自分自身や家族に言い聞かせているに違いない。

しかし、この我慢が命取りになるやもしれぬと専門家が警鐘を鳴らした。最も怖いのがヒートショックというもの。気温の変化により血圧が上がったり下がったりして、心臓や血管にかなりの負担を与えるらしい。心筋梗塞や脳梗塞のリスクが高まるというわけだ。特に夜の入浴時に風呂場で亡くなる人が多いのがこの時期の特徴ゆえ、是非とも浴室暖房やトイレ内の暖房をと、その先生は声を大にしておられた。

確かにその通りなのだろう。私にも、親戚や知人が〝お風呂で急死〟という訃報が時折入ってくる。高齢で血管が脆《もろ》くなっている上にヒートショックが起きたのかもしれぬと、今さらのように思い起こした。昔の人は何につけても〝我慢〟を自分自身に強いて、それを美徳とする世代でもあるのだから……。

さて、こういう話を聞くたびに、私の頭の中に決まって浮かぶ、幼少期の昭和の光景があった。

富山の実家の近くの日蓮宗のお寺で、毎年節分に行われていた行事だ。雪の降りしきる境内に巨大な桶が置かれ、その四方を注連縄《しめなわ》で囲った。白装束のご住職が登場されると、町の人々は一斉に手を合わせ、その読経を神妙な面持ちで聞いたものだ。

ご住職は皆の前で装束を脱ぎ捨て褌《ふんどし》一丁になると、桶の前に進み出る。そして、「南無妙法蓮華経」と叫びながら頭から冷水をかぶられるのだった。

江戸時代から伝わる、日蓮宗の修行僧の水行読経三昧から継承されてきたものと思われる。しかし、子供の自分達には一体何なのかがさっぱり分からず、小声で祖母を質問攻めにした。

私「寒いがに何で水かぶるが？　わざわざ桶の中に雪や氷まで入れて」

ばあ「フフフ、ご住職は水かぶって、私らの1年の穢《けが》れを代わりに流してくれとるがいちゃ」

私「何かいいことあるがぁ？」

ばあ「私ら、この1年、風邪ひかんし、元気で頑張れるっていうことや」

私「ふ～ん、寒いから、今、風邪ひきそうや。早く豆とかお菓子まいてくれんかなぁ～」

ばあ「こらっ、減らず口ばっかり。罰《バチ》あたっちゃ！」

口答えを祖母に叱られたけれど、私はそれからもお菓子目当てに〝水行〟を見学に行ったものであった。

現在は田舎でも、そんな行事はすっかり見掛けない。ヒートショックを危惧する現代では、もうあり得ないことなのだろう。それでも今にして思えば、身体を張って私達を守ってくださる姿は、なかなか説得力があったなぁと思う。そうだからこそ、こんなオバサンになってもご住職の水行の姿を忘れないのであろう。

役者の記憶術

2023年の1月半ばより京都南座、さらには2月から新橋演舞場にて『喜劇　老後の資金がありません』に出演。再演で大役をいただきとても嬉しいが、音楽劇というジャンルゆえに、セリフに加え歌やダンスもと、なかなか覚えることが多い。自主練を徹底せねばと、事前に喫茶店仲間の山さんにセリフの相手をお願いしていた。

山さんは演劇経験者ではなく、すでに会社も退職した、私よりもさらに年上のオバチャンだ。ただし、独身ということもあって、登山や旅行を楽しんだり、さらには仏語の教室にも通っている。いつかヨーロッパの山に登るのが夢のようで……。とにかくアクティブな人なのだ。

私「棒読みでいいの。人に相手してもらうと早くセリフが入るから」

山「OKOK……でも……ヒェ〜、棒どころか口がまわんないねぇ」

最初はこんなカンジでスタート。しかし、何回か読み合わせるうちに、山さんの本読みがとても滑らかになり始めた。

私「何かさぁ、私が暗記するより、山さんの方が上達しちゃってんじゃなあい？　上手になってるよねぇ」

山「ウフフ、でしょう？　仏語の先生にも、この間、褒められちゃった。〝今日は何だか、お口がスムーズですねぇ〟って。やっぱり、年寄りの音読って大事だわぁ」

私はもちろん助かっているけれど、初老の山さんのある種のリハビリになっているようなのは重ねて良かったと思う。

音読はいろんな機能を同時に働かせるため、前頭前野が活性化するそうである。脳が刺激されて、記憶力もアップ。黙読よりも音読がとても効果的らしいが、暗記力がつくばかりか、気持ちをリフレッシュさせるのにも役立つらしい。ストレス発散になったり、コミュニケーション能力が向上したり……。

特に、今はまだコロナ禍である。相変わらずのマスク生活で人との会話も減ったまま。必要最低限のことしか喋らない日常の中、音読は意識して毎日した方が良いとも言える。

私「ほら、マスク外したら法令線が深くなってるって話をよく聞くけど、マスク外したら、ちっとも言葉が出てこなくなってた……なんてヤバイよねぇ」

山「あるある。マスクで認知症が進むってこと、絶対ある。漢字も書かないと忘れるもん。スマホになって相当よ。喋らないとか声出さないと、多分言葉も忘れると思う。怖ッ！」

山さんは今回の練習が楽しいと喜んでくれた。

私も嬉しい。それでさらに、山さんにとっておきの記憶術を教えてあげた。

私「セリフって、体を動かす方が覚えるものよ。頭だけじゃなくって、体が記憶するカンジ。だから、役者さんたちはウオーキングしながら覚えるって人、多いのよ。私はね、もっぱら銭湯で。シャンプーしながらとか、背中をこすりながらブツブツ言ってみるの。別の作業をしながらスコブル効果的よ〜」

山さんは大いに頷き、〝マスクの下で演歌を熱唱しながら、散歩しよおっと〟と目をキラキラさせた。

ケチと倹約、その線引きはどこ？

旅先の楽屋。終演後、ちょっとした〝ひと仕事〟をしていたところをメイクさんに見られた。

案の定、彼女は目をパッチリ開けて、声のトーンも高くした。

「イヤ～ン、ムロイさんたら、何してんですか？」

「何って……穿こうとしたら穴が開いちゃってたからさぁ」

私は靴下の穴を発見し、慌てて繕い始めていたのだ。

ポケットタイプのソーイングセットを取り出し、針に糸を通したところで、良い物が自分の目に留まった。笠の中で奥床しく光っている電球だ。

電球の熱が少し冷めるのを待ち、それを私の靴下の中に挿入。そしてチクチク縫って……。

私「ウフフ、捨てらんないの。こうして穴が開くほど使った物って。もう私の足に馴染みすぎちゃって、まるで皮膚のようだもん」

メイク「分かりますよぉ。穴が開いても〝もう一回だけ穿こう〟なんて思って、結局、ずっと捨てらんない。下着もそうですよね」

私「あら、あなたみたいな若者は、下着はダメよぉ。いつロマンスが発生するか分かんないじゃないの。私らオバサンにそれはないけど、でもウッカリしてたら急に倒れて救急搬送なんてぇのはあるからね。病院で赤っ恥をかかないようにしておかなきゃ」

私達は穴開き話でしばし盛り上がる。

彼女曰《いわ》く、靴下のどの部分の生地が薄くなるかで、その人の健康状態が分かるという説があるらしい。足にはたくさんのツボがあり、そのツボの部分が自ら危険信号を発するということのよう（例えば小指は耳、中指は目の疲れといったもの）。

面白くて、私は「へ〜〜」と大きく同調する。

そしてさらに話は一段と深いところへと向かっていき、「あのお、例えばですが、交際相手が繕い物を熱心にするタイプだったりするの……どうなんですかねぇ？」と、話が妙な方向に展開した。

これには、自分の彼が倹約家なのをどう捉えるべきかと聞かれているような気がした。

一般的には女性が穴開きを繕うのは美徳とされるけれども、これが男性だと色々意見が分かれるかもしれない。彼女は男性の倹約家と浪費家、二択でチョイスなら「どっち？」と言いたいのでは⁉

お付き合いの段階ならケチケチされるより、派手にデートをしてくれる人の方が良いに違いなかろう。が、将来の伴侶となるのならば浪費癖は心配になるというものだ。できるならば切り詰めるところは切り詰め、必要なところにはバーンとお金をかけてくれるタイプがベストと思うけれど、そこの見極めがなかなか難しい。

「私の友人で大恋愛で一緒になったけど、旦那が超倹約家なのに泣いてる人がいるの。

ラップは洗ってボロボロになるまで使うし、お弁当のしょう油も小瓶に集めさせられてるって。細かいことをいちいち言われ、キツイってぼやいてるよ」

私はメイクさんにそんな実例を紹介した。

目下、出演中の舞台のセリフで〝ケチと倹約は違う〟というのがあるが、どこで区切るかは、なかなか難しいと思うこともあります。

ああ、愛しの苔ちゃん

新型コロナの感染症法上の位置づけが〝2類〟から〝5類〟へ移行と正式に決まった。2023年5月8日から季節性インフルエンザなどと同じ扱いに。

そうは言っても、目下『喜劇　老後の資金がありません』の公演中の私達キャスト・スタッフに衛生管理の規則が緩むことはない。終演後の楽屋お見舞いやお花・差し入れなども、申し訳ないながらご遠慮している毎日だ。

ところがそんな私のところ（京都南座）に荷物が届いた。差出人の名前が〝室井茂〟とあったので、〝検閲〟から漏れて私の楽屋に……。

「室井さん、本名は〝滋〟じゃなくて〝茂〟なのね」なんて言いながらスタッフが持ってきてくれた。

実は茂さん、京都で日本料理店を営む、平仮名で書けば私と同姓同名の男性料理人だ。長年、海外の大使館で料理長を務められた凄腕！　当然、ミシュランの星も獲得されている。

数年前に雑誌のグラビアでお店を知り、「こりゃあ行かねば！」とすっ飛んでいった。本当に美味しいの何のって。おまけに超男前でもある。

観劇に来てくださるとメールをいただいていたので、その品が楽屋見舞いであることはすぐにピーンと来た。

「こりゃあ、レンコン餅かお手製のスイーツに違いないぞ〜、ヤッタ〜、嬉しい」

私は大喜びして終演後、宿泊のホテルへ持ち帰った。

「エヘヘへ、さぁて何だろう？　ジャ〜ン！」

真四角のお重の蓋を開けると、色鮮やかな緑色の物が現れた。何と何と、それは〝苔〟なのであった。

「……ウッ……こ……け⁉」

バラの花を箱詰めにしたものは見たことがある。あれの苔バージョンとでも言うべきか……。

「苔……、説明書きがある。……京の木箱〝敷松葉《しきまつば》〟……って言うのね。どれどれ……敷松葉とは初冬に露地や庭などに敷く松葉のこと。霜からコケなどを守る実用性と、常磐木の緑と松葉の茶色との対比で庭を飾るという装飾性を兼ね備えて……」

つまりこの〝敷松葉〟（数本パラパラと箱の中に）が苔を守る冬化粧を木箱の中で表現されているらしかった。

私は、はしたなくも、あらわにガッカリしていた。私の口は和のスイーツをいただくスタンバイが完了していただけに、虚《むな》しくポッカリ開いたままになった。

おまけに、問題はこの苔の世話である。一体いつまで飾っておくべきなのか、ホテルの人に変に思われないか不安になった。

さりとてせっかくの初春の縁起物である。公演中に枯らすことがあってはならぬと、私はしょっちゅう苔の様子をチェックし、水分不足に神経を尖らせた。

そして、一つ一つを乗り越えるうちにだんだんと苔ちゃんが可愛くなってきてしまった。「じゃあ、行ってくるね」「ただいま苔ちゃん」などと、もうペットといるみたいに……。

結局、京都南座公演が終わった後、苔ちゃんとお別れすることはできず、新幹線で一緒に帰京してしまう。今は東京の自宅で一緒に仲良くやってます。

あなた、麺はすすれますか？

新橋演舞場で『喜劇　老後の資金がありません』に出演中。舞台がはけて遅めの午後、食事をしようと歩いた。

「ああ、お腹が空いたぁ。私、ラーメン食べたいな〜〜」

マネージャー女子にそう言うと、彼女はさっそくスマホで検索してくれる。

「すぐ近くにラーメン激戦区っていうエリアがあるね。有名店も幾つか……」

互いに頭の中いっぱいに温かいラーメンの絵柄を描いて小走りになった。

目当てのA店は地下にあった。扉を勢いよく開く。入り口に自販機があって、そこに何人かが並んでいた。

ワクワク順番待ちしつつ店内を見回すうちに、「アレッ？」と私、ちょっぴりひっかかってしまうのだ。

私「ねぇ、自販機に並ぶ人達もだけど、座っているの皆、外国人。おまけにカウンターの中の店の人2人も……。だ、大丈夫かなぁ」

マ「そうですね、欧米人かなぁ……。どうします？」

これは私達の偏見に違いない。しかし、私達には過去に苦い思い出があったため、どうしてもそう口走ってしまう。

カナダへ向かう途中、トランジットで米国内空港で食べた〝うどん〟と〝ラーメン〟が原因だった。それはあり得ぬシロモノだった。砂糖ドッサリのうどんに仰天してラーメンを注文し直したら、こっちは塩辛く香辛料が臭かった。〝うどん〟〝ラーメン〟なんて大きく書いてあったけど、「これは〝うどん〟や〝ラーメン〟じゃない！」と、私達は眉を顰めたものだった。

私達は店内に日本人が一人もいないことをもう一度確認すると、スゴスゴと逃げ出してしまう。そして別のお店へと――。

次のお店は外に行列ができていた。やっぱり外国人観光客だらけだったが、日本人の姿もチラホラあったので、私達はそこに並んだ。雑誌にもよく取り上げられる人気店らしい。

自販機で1400円もする具材タップリの〝ミックス〟を求め、カウンターに座った。

さて、実はここもやっぱり調理人は皆、外国人。アラブ系のような容姿の若者達だった。

「この辺にはお洒落なホテルがたくさん建って、外国人観光客だらけだもんね。そうなると、こういうお店の従業員さんも外国人の方が良いのかもね」

銀座なのに異国にいるような感想を漏らすうちに、ミックスラーメンが登場！

美しく盛り付けられ実に旨そう。そしてスープをひと口。優しくてまろやかでグッドだった。

ただし、難を言えば、かなりぬるいのだ。アツアツのスープから湯気が立ち上る、私達日本人好みのラーメンとはまるで違った。

それでも黙食するうちに一つ気が付いたことがあった。……これはひょっとして、わざと外国人観光客用のスープの温度になっているのではないのかと。つまり、アジア系以外の人々は〝麺をすすること〟に馴れておらず、アツアツのスープを飲むことも苦手なのかもしれぬ。きっとそうに違いない……。

「ああ残念……。本当はもっともっと美味しいんだろうに」

是非、スープの温度も麺の硬さ同様、チョイスさせてほしいと思ったものでした。

イタリア戦、チッチョリーナな夜

あれはＷＢＣイタリア戦に日本中が沸き返っていた夜だった。北陸新幹線〝はくたか号〟が富山駅に間もなく到着するとのアナウンスを聞き、私は立ち上がる。すでに23時をまわっていた。

駅構内のテレビで、とにかく野球の勝敗が知りたく、逸《はや》る気持ちで早々にデッキへと——。が、その途中、私は左目の端で何やら白く細長いものをキャッチした。扉から3席ほど手前の座席に。

「何だろう、今の……。足みたいだったけど、あんなにニョッキリ素足出すかなぁ？ ひょっとして眠っちゃって、暑苦しくって無意識にパンスト脱いじゃったのかしら……。よく酔っぱらったオジサンがベルト外してズボン脱ぎかけるみたいな……」

だとしたら同性として声をかけてあげるべきなのでは……ってなことを瞬間思って

しまい、私は確認のためにその場でUターンし、もう一度自席へと。

〝足〟の正体はまさに足だった。

窓際の席のリクライニングを倒し、ゆったり寛《くつろ》いでおられたのはうら若き女性だった。その目はトローンと官能的で、謎めいた微笑みを浮かべ、しっかり起きている様子。ゆっくりと擦れ違いざまに確認して驚いたのは剝き出しになっているのが足ばかりではない点だ。身にまとっているのはペラペラのキャミソール（前ボタン）のみで、その肩も胸の膨らみもおへそも丸出しだった。

新幹線の中なのに……、もしかしたら週刊誌の袋とじグラビアの撮影なのでは？と思い、近くにカメラマンの姿を探したくらい。

「一体、彼女はどうされたのかしら。この春のマスク解禁に合わせてお洋服も脱いじゃったとか……」

私は再びゆっくりとした足どりで、彼女を盗み見しながらデッキへ戻る。すると、私の後ろから若い男性乗務員さんが歩いてこられ、私を追い越す時に大きな溜め息をつかれた。

深夜に突然のエロを目にし困惑の息なのか、公然わいせつ罪スレスレを注意すべきか否かと戸惑うものなのか、私には分からない。

それでも、その溜め息を聞いた瞬間に思い出した人があった。

元ポルノ女優でイタリア代議員議員などを歴任したシュターッレル・アンナ・イロナ……芸名チッチョリーナさんだ。来日（1988年）の時には〝ピンク爆弾〟などと呼ばれ旋風を巻きおこした。映画『エーゲ海に捧ぐ』に出演したことが話題になっていたが、日本でもAVを撮って帰ったらしい。とにかく国会前でオッパイポロリというほどの露出ぶりで、私達日本人のド肝を抜いたっけ。

「そうか、今夜はイタリア戦、ひょっとしたらチッチョリーナを何かで知って、それに対抗した彼女風の応援なのかもね」

いやいや、そんなわけはないだろうけれど、いずれにせよ北陸の春はまだ寒いので、〝お風邪召しませぬように〟と申しあげたかったのでありました。

第4章 出会いも別れも幾歳月

懐かしのあの電車

富山県立高志の国文学館の館長を務めて、丸1年が過ぎた。
東京―富山の往復にも慣れたし、責任ある仕事も楽しいと感じるようになった。イベントを企画し多くのお客様と接する中、気さくに話し掛けてくださる人もあり、故郷のまるで知らなかった事柄を教えてもらったりもしている。
先日、駅前から乗ったタクシーの運転手さんからの言葉は、私にとっては極々プライベートなことで、いささかドキンとなった。
運「ムロイ館長、お疲れさま。どうけぇ？　富山に帰られたらホッとするけぇ？」
私「はい。やっぱり生まれたところやもの。肩の力が抜けて、忙しくても楽しいし、何を食べても美味しいちゃあ」
……ってな会話を少々交わしたところで、彼の声の調子が変わった。

運「実は私、高校生の時からムロイさんをずっと見とったがですよ」

私「エッ!? 私のことを?」

運「はい。朝の電車の中で。私が立山の方から乗って、途中でムロイさんが乗られて……。ムロイさんの隣の工業高校通っとったんやちゃ。いつも同じ車両で……」

私には工業高校と聞くと反射的に浮かぶ思い出があるのだ。電車で見初《みそ》めたとラブレターをもらったのだ。

「いつもあなたを電車の中で、すぐ近くから見つめています。なかなか声を掛けられず、この手紙を友人に渡してもらいます。……(中略)……。一度、僕を振り返って、手を振るか笑いかけてください。僕の特徴は工業高校の学ランに髪はリーゼント。身長は180センチ、鞄は持たず、手ブラです。ただし、胸にはかならず割り箸を1本入れている。……そんな男が僕です」……といった手紙だった。

字はけっこうきれいだったけれど、内容にはビビってしまう。だって鞄を持っていないとは、教科書のみならず、お弁当も持っていないということ。なのに割り箸を胸ポケットに持ち歩くというのは、日々誰かからお弁当を分けてもらっているということになるじゃあないの！　さらには割り箸が喧嘩の武器になっている図も想像してしまった。

私は当時、相手をチラリ確認すると居心地が悪くて、すぐに車両を換えてしまったのだったと記憶する。

まさか、この運転手さんが割り箸男なんてことは……ないよねぇ？……

私は運転手さんの体格を盗み見てしまうが、彼が身長180センチの大柄な人には見えなかった。

私「あのぉ、つまり、高校生の私を覚えててくださっとったっていうことですか？」

運「ええ。ずっと近くに乗っとったもので。そのうち、何年かしたらテレビドラマの中にあなたを発見して。『ああ、あの人や！』って思ったがです。ムロイシゲルっていう名前なんだって知ったがいちゃ」

私「わぁ～、ありがとう。照れくさいけど、ずっと見ててくださったんやねぇ」

運「うん。応援しとったよ、ずっと。まさか僕のタクシーに乗せるなんて……嬉しいちゃあ。ありがとねぇ」

割り箸君かどうかは聞けなかったけれど、同じ年頃の昔の少年の優しさに触れて、「やっぱり故郷はいいなぁ」と感じ入ったものでした。

〝父のお弁当〟の味

夜の神楽坂でバッタリ旧友に会った。

右手には重そうな革バッグ、左手に提げたスーパーの袋からは春キャベツが透けて見えている。

A君は東京近郊に家を建て、長らくこの辺りの会社に通っていた。数年前にその本社から委託を受ける別会社を立ちあげ、オフィス兼プライベートルームなるものを借りている。

週末はもちろん、家族の待つ本宅へ戻るのだが、週の半分は神楽坂と聞き、一度そのアパートに遊びに行ったこともある。

「いいなぁ、私も神楽坂の裏通りに住んでみたいなぁ。毎晩、ご馳走三昧じゃん！」

などと、私はもう一人の友人と一緒にお宅拝見！〝事務員さんなしで自分一人だけ"とのことだったので「さぞや!?」と思っていたが、あまりにも整理整頓がなされているのに驚いた。

「うわぁ、ピカピカ」とか、「凄いね。立派な本がこんなに並んでる」と、私達はA君を見直したものだった。

あの時A君が「この年になって狭いアパートって……と思ったけど、これがスコブル楽しくってさ。学生に戻った気分だよ」と目をキラキラ輝かせていたのを思い出した。

今はどんな感じなんだろう。私はA君のその後を聞きたくて、友人との食事に彼も誘った。

「僕まで悪いね。春キャベツでパスタ作ろうって思って……。うちで宴会やればよかったね」と、明るく笑うA君。実は彼、毎日お弁当もこさえて本社通いしているのだと、スマホの写真を見せてくれた。

これがまた、あまりに美しいお弁当なので、私達女子は目を丸くする。

私「こんなちゃんとしたのを毎日作ってんの？」
A「そうさ、朝5時半に起きるからね」
友「ちゃんと自炊されて、偉いわぁ」
A「朝はシリアルで簡単に、昼は本社でお弁当。夜は余った食材でテキトーにね」
A君は昼食のお弁当に全精力を注いでいると。
A「もうさ、昼休みが待ち遠しくってさぁ。男の手料理でも色々勉強すると、少しは腕前も上がるもんさ」
A君の話を聞いて〝何と丁寧な暮らし〟と、彼の株がグッと上がったものだった。
さて、男のお弁当で想うのは父のことだ。
小学生の頃に母と別れていたので、中学での給食が終了すると私はたちまち困ってしまう。
高校に食堂はあったが、肉うどんのみの販売で、そこは常に男子生徒で埋め尽くされていたのだから。

「ああ、どうしよう。朝ご飯作るのが精一杯やもん、お弁当は無理やちゃ。友達が気の毒がっておにぎり分けてくれるけど……悪いもんにぃ〜〜」

父の前で私は一度、子供じみた愚痴をこぼしたのだ。

すると翌朝、学生鞄の横に男物のハンカチに包まれたお弁当が置かれてあった。

私は鼻の先がツンと熱くなり、朝っぱらからひと泣きしたのをよぉく覚えている。

ご飯の上に鶏肉のそぼろとデンブと煎り卵が乗っかっていたっけ。

父のお弁当はA君のように上達することはなかったが、それでも時々、私を元気づけるように作ってくれたものでありました。

マッチングアプリにビックリ！

友人A子の姪っ子ちゃん、結婚が決まったとのことで、A子がとっても喜んでいる。
「だってあの子もそろそろ三十路突入よ。田舎じゃあ、そこ超えると縁談は俄然減るもんじゃなあい？　シゲルの田舎はどう？　私ら長野なんて、ピタリとなくなるんだもの」と。

まさか⁉　この令和の時代でも？　と、私は意外に感じた。

確かに昔はそうだった。恋愛結婚は別として、お見合いとなれば若ければ若いほど良いという世の傾向。特に女性に対してはそうだった。男性本人もだが、とりわけ親や親族一同の希望がそうだった。つまり、一族にとって跡取りがとても重要なので、繁栄のためには1歳でも若くて丈夫な嫁を迎え、たくさん子供を産んでもらわねばということだった。

「とにかく、おめでとう。リンちゃんって、可愛くても恥ずかしがり屋さんだから、積極的な女子に先を越されちゃうかもって心配してたの。仕事場でいい人めっけたの？　それとも高校の同級生とか？」

私はつい気になって、その馴れ初めを聞いてみた。

すると、A子が急に顰めっ面になって、「それがさ、何とビックリ、マッチングアプリでなんだって」と、言うではないの⁉　マッチングアプリとは恋愛や結婚を目的とした会員同士をマッチングするサービスの……あれである。スマホなどで簡単にできてしまうので、若者を中心に利用者がどんどん増えているそうな。

「ええ⁉　だ、大丈夫なの？　マッチングアプリなんて。あんなに純朴な姪っ子ちゃん……、騙されちゃあいないでしょうね」と、私は思わずそう声をあげてしまう。

田舎ゆえ出会いが少ないとか、職場に異性がおらずチャンスがないという事情は理解する。私達が若かった頃は、お見合いパーティーや合コンがポピュラーだったが、近頃ではその手の方法がめっきり減っているとも聞いた。

それだからと言って、友人や相談場の担当者といった人の目がまるで届かないところで、見知らぬ人を結婚の候補者として話を進めて、本当に大丈夫なのかしら……。

それでも友人はこうフォローした。

「私も心配で聞いたの。お見合いなんかは初対面からだんだん交際が深まって互いを理解するわけだけど、アプリだと条件をたくさん出してマッチングした相手と、さらにメッセージのやりとりをバンバンする。つまり顔を合わせて交際する前に、その人となりが分かるらしいの。最初のデートで直接会っても、もう長年知ってる人みたいで、違和感がないんだってさ。姪っ子の話を聞くうちに、私もナルホドネってホッとしたものよ」と……。

本当に時代は変わる。私の祖母などは親が決めた家に嫁いだ。

「明日の正午に大橋を渡って行く人が、あんたの旦那さんになる人や」と親に言われ、こっそり祖父を見に行ったと話していたのを思い出した。それでも仲睦まじく連れ添い、父が生まれて私も生まれたわけだもの……。ねぇ♡

ダンゴっ鼻に誓った

昨夜、大変なことが起きた。

深夜、眠りにつく前に「ほんのちょっとだけ」と思ってｉＰａｄを手にしたのがいけなかった。

私は数独やソリティア、スパイダーなどのトランプゲームが大好きで、脳が特に疲れているなと感じる夜にかならずやる。

疲れているならばすぐに寝ればいいのにと思われるであろうけれども、そうではない。これらの数字を眺めたり並べたりすることが、私に、とっておきの安らぎをもたらしてくれるのだから。その日に起きたいろんな問題を忘れさせてくれ、ストレス解消となり、とても質の良い睡眠へと誘ってくれる。

〝ストレス緩和〟に〝睡眠の質向上〟なんて、まるでヤクルト１０００の宣伝文句のようだけど、私にとってはまさにそれと同じ効能なのである。

さて、そんな私の大変なこととは、〝ついに、事故〟が起きてしまったのだ。

〝ついに〟というのは、これまでにも何度かヒヤリとすることが発生している。……つまり仰向けになったままｉＰａｄや本を開きゲームを楽しみ、そのうちウトウトと寝落ちしてしまって、手から〝物〟が滑り落ちてしまうという失敗！　胸元や喉元に落ちて、これまでは布団がクッションになってくれたり、耳の横をかすって枕に墜落したりとかで大惨事を免れてきたのだが……。

「ヤバイ！　危険だから、ゲームやる時は横向きになんなきゃ」と肝に銘じていたのに、昨夜はついに私の顔面に直撃をくらってしまった。

本ならばまだ良かった。何とｉＰａｄの方！

どういう落ち方をしたのか定かではないが、自分のこのダンゴっ鼻の脇に衝撃を感じて私は目が覚めた。「ガツン！」という音を聞いたような気もしたし。

「ヤバイ！　明後日は『志の輔らくご』にご招待してもらってんのに。鼻の骨折って、包帯グルグルで大笑いできるものだろうか？？？」と私は咄嗟に考えた。そして次に恐る恐る、暗闇の中で自分の鼻に触れてみた。

まったく高くはない鼻の骨に特に損傷はなく、痛みもない。さらに指でダンゴっ鼻の辺りをさする。軟骨がグジャグジャかと思いきや、こちらにも異変はなかった。

「いやいや、今に患部がボワーンと腫れてくるわよ」……私はそう呟いて、しばし時の経つのを身を硬くして待った。

10分後、再びチェック。……何ともないカンジ。そこでいよいよ起き上がり、私はトイレの鏡の前に立った。

自分の顔がいつも以上にひどくなっているようには見えず、まったく変わらない。私はようやくホッと胸を撫でおろしたのである。

「それにしても、確かに顔面に衝撃があったのに、何でだろう？　ダンゴっ鼻のこの小鼻の肉がクッションになったのか、あるいは鼻の付け根のへコみにｉＰａｄの角が当たったのかしら……」

色々想像してみること自体が恐ろしいが、とにかく私は助かった。横で眠る愛猫タマにも災いが及ばなくって何より！

〝もう二度と仰向けでゲームはしない〟と今度こそ、自分のダンゴっ鼻に誓ったのでありました。

ジョリジョリの北陸新幹線

春爛漫、いやもう初夏か？と思わせるほどにピッカピカお天気の日、私は北陸新幹線で富山へ向かっていた。

休日を避けたせいで、さほど混雑はなく、車内は静かで快適であった。私の横に乗客はおらず、通路を隔てた窓際の席に若い女性が一人座っているだけだった。

私はいつものように列車が発車するや否や、お弁当をひろげて朝食を楽しむ。それが済めば書類の整理や台本読みを始めるが、満腹ゆえにウトウトしてしまうことも……。が、それも良し。自然の成り行きで目蓋を閉じるのだ。

糸魚川辺りでカポッと目覚めれば、こんな私でも少々気になって手鏡を取り出し、起き抜けの自分の顔を確かめる。

「チェッ、酷い顔。降りたら構内の洗面所で、顔洗わなくちゃ」と舌打ちをしてしまう。ただし、そこはやっぱり私とて昭和生まれの女だもの、座席でブラッシングだの化粧だのは憚られるというものだ。

満員電車で立ってメイクする今時の女子を思えば、空いている車内でちゃちゃっと身繕いするくらい何でもないよ……とも思う。が、それでも周囲に抜毛が散ったり、白粉臭さが漂うのはマナー違反に感じ、気が引けるのだもの。

さて、この日、そんな私の常識が打ちのめされてしまう行為を目の当たりにしてしまった。

通路向こうの若い女性だ。

食事を終え、チョコとコーヒーでティータイムを楽しんでいるところで、彼女の大振りの動きが視界に入ってきた。

薄いカーディガンを肩にひっかけたその下はノースリーブTシャツ。剝き出しの長い腕をスッと上に伸ばすと、今度は片腕でもう一方を手首から撫でている様子。

「ムム、新手の体操かしら。エコノミー症候群予防の。それとも、あの長いデコった爪をかざして悦に入っててんのかなぁ？　車窓からの光を浴びて、爪先のキラキラが嬉しいのね」なんて、私はオバサンちっくに呟く。

が、次の瞬間、自分がまったく見誤っていることに気付き、ギョッとなった。何と彼女、毛剃りの真っ最中だったのだ。

右手に安全カミソリを握り、左腕をジョリジョリ。持ち替えて右腕もジョリジョリと。おまけに指の背の毛も、一本一本丁寧に。……まさかと案じたが、やっぱり大きく前屈までして両足の脛毛もジョリジョリと剃り進んでいくのだった。

安全カミソリは飛行機だと持ち込み不可だけれど、新幹線にその規則はない。

彼女の美への執着のなせる業であり、決してカミソリを他人に向ける意思のない点はようやく理解する。……でも、どうなんだろう？

朝から列車内で毛剃りなんて……。お化粧を大きく上回る行為を、私は盗み見どころか直視することとなった。

「だ、大丈夫かしら。カーブとか加速する時に、ザクッなんて……。危なくないのかしら」

いやいや、北陸新幹線は本当に優れている。ガクガクすることも、大きく揺れることもなく、常にスーっと流れるような走行なのだ。

「ホントにね、安全カミソリを思う存分使えるなんて、この新幹線ならではよね」と、私はつくづく感心した次第！

浜町までの国際交流

赤坂でタクシーを拾った。

日本橋浜町にある着物屋さんへ、衣装の着物を洗いに出すのに、大きな風呂敷包みを抱えていた。

「よっこらしょっと。日本橋浜町2丁目まで。今、番地確認するから、ナビ入れちゃってくださいな」

昔なら、明治座近辺は目を瞑《つぶ》っても行けると応えてくれる運転手さんがざらだったけれど、近頃は大手タクシー会社も若手が増えて、皆さんナビ頼みなものだから。

……もっとも、都会は道路も建物も次々と変わるゆえ、仕方がないとも言えるけど。

「ちゅ……中央区……ですか？」

「そうよ、中央区」

「……ニホンバシ……ハマ……ハマ……」

「日本橋浜町よ。大丈夫ですか？」

ナビの画面を必死にスクロールする運転手さん。さてはハズレかと、私は心のうちで舌打ちする。日本橋本石町をホンゴク町と読めず焦る人は時々いるが、浜町なんてすぐに見つかるはずなのに。

「うう～、ハマチョー……字が分からない。私、インド人ですから」

彼が突然にインドという言葉に力を込めたものだから、私は反射的に「エエ～、インド人なのぉ？」と鸚鵡返しにしてしまう。そして、すぐに彼の横顔を斜め後ろから窺えば、その肌の色は浅黒く、目はパッチリ大きく、睫毛《まつげ》はビヨ～ンと長かった。ネームプレートには片仮名でタージマハルとジャーマー・マスジッドを合わせたみたいな長い名前が書かれてあるし。

「ご、ごめんなさい。日本語お上手だから。大丈夫。私、道分かるし。……へぇ～、インドの方なのぉ」

私はもう興味津々！　「あのね、私、ブッダガヤとかベナレスとか行ったことあるわよ。ガンガー様（ガンジス川）で沐浴したしね」などと捲《まく》し立てたら、彼の端整な横顔が大きく動いて笑い始めた。

たまたま先日、映画『パリタクシー』を観たものだから何だか私は嬉しい。運転手さんがいつもと違うだけで、東京の街並が異国のように思えてきた。

「日本に来て何年？」

「私は5年ですね」

「へぇ～、凄いね。自動車二種免許を取って働いているなんて。……やっぱり血液型はB型？」

「ハハハ、A型です。インドではA型とAB型少ないです。Aはまじめな人でしょ？日本人は」

「アハハハ、人によるわよぉ。出身は北？」

「南インドです。南インドカレーはスープで優しい。南はライスで北がナン。知ってますか？」

「うん。あと、インドの人って数字がお得意なんでしょ？　何たってピタゴラスの定理の国だもんね」

私は自分が知る限りのインドを並べたて、そうするうちに浜町に着いてしまった。降りる際になぜタクシードライバーの仕事を選んだのかと聞いてみた。

「だって、よく分かるね。東京のこと、日本人のこと。いろんな人といろんなところへ行きますから」

実際には苦労も多いはず。それでも彼の笑顔はとても明るく、頼もしく感じたのでありました。

月夜の晩に、フリフリフリ

赤い看板に誘われて、小さな居酒屋さんの引き戸を開けた。平日の夕方、女友達と。

「ウフフ、夕方5時にビールで乾杯なんて夢のよう。もう誰にも咎められることもなく」

「ホント、ホント。さあ、何を摘もうか」

カウンターの台の上に次々と並べられる肉じゃがや牛スジ煮物、タコの酢の物につるむらさきのお浸し、チャーシューにポテサラなど、私達はあれもこれもと目が眩《くら》む。

2人とも、初めてのお店なのに、大当たりだった。

それが証拠に生ビールを飲み干し、お酒を燗《かん》してもらう頃になると、もうカウンターにはお客さんがビッシリになった。

私「流行ってるね、このお店」

友「うん。だって仙台四郎さんがあそこに！　やっぱり、私、彼の姿絵か木彫を買っちゃおっかなぁ～」

私「確かにね。でも仙台四郎さんは商売の神様的存在だから……。普通の主婦なら〝お財布にヘビの皮〟でいいんじゃない？」

私は〝四郎さんグッズ〟を欲しがる友人をとどめた。

仙台四郎さんは江戸末期から明治に実在した人物で、彼が寄ったお店はかならず繁盛し、彼が抱くと小さな子供はよく育ったと言い伝えられているそうな。事実かどうかは知らないけれど、私の見る限りでは、店の神棚や、棚の上の方に祀《まつ》っている店は、ほぼほぼ客に恵まれているように思えた。ただ、一般的に効果があるのかどうかは分からないし、第一、一体どこに売っているのかまるで知らなかったから……。

私「実は私も興味あるんだけど、そんなに簡単に手に入るかどうか不明。ヘビ皮がないならビリケンさんとかは？」

友「電気代上がってアップアップ。食料品も大変になってもうガックリなの。せめてもと思って宝くじやロト買うけど、ちっとも当たんないんだもの」

私達は仙台四郎さんをチラチラと気に掛けながら、結局は愚痴ばかりをこぼす良くないお酒になり始め、お店を出ることにした。

友「ねえ、今月は台風でアウトだと思うけどストロベリームーンと呼ばれるお月様。先月はフラワームーンっていう満月だったの。フラワームーンは〝絆〟や〝変化〟の象徴、ストロベリームーンは〝恋愛〟よ。今月は好きな人と一緒にお月見すると恋愛成就するらしい。ウフフ、ネイティブアメリカンの暦なのよ」

私「へぇ～、面白いこと知っているのね」

友「それだけじゃないわよ。満月の夜にお財布か通帳をお月様に向かってかざすの。お財布をフリフリしつつ、日頃のお礼を言ってから〝増えますように〟ってお願いするのよ。お財布の中にクレジットカードなんか、お金を消費するものを入れちゃダメよ」

私「もしかして、宝くじとか入れてフリフリしてんの？　あんたったら～⁉」

友はニンマリ笑って、あと少しで真ん丸くなる月を見上げた。中には毎月集団でフリフリする人々もいるとか……。

一攫千金を夢見るエネルギーはまだ失われておらず、オバサン2人は夜道で再び盛り上がるのでありました。

時をかけるオバサン

「日本橋とやま館」が2023年6月4日に7周年を迎えた。ウェルビーイングな社会の実現に向け〝富山の学び〟をテーマに感謝祭が1カ月催され、高志の国文学館の特別展示も行っている。

この日は私もお招きいただき、館内『富山 はま作』にてトークイベントも……。故郷の銘酒〝千代鶴〟で乾杯の後、富山の海の幸・山の幸を楽しんでもらいながらのランチショー。お客様の頬がピンク色に染まるにつれ、私のトークもノリノリになった。

東京〜富山の今昔物語を振り返れば、我ながら「こんなにも変わった！」と感じずにはおられなかったので、ここに改めて記しておこうと思う。

やっぱり、何と言っても北陸新幹線なのだ。

新幹線が走って、私達富山県人の暮らしや気持ちが大きく変わった。

東京―富山間が2時間10分だ。かつては特急白山号（長野経由）で約6時間。白山号廃止後は上越新幹線で越後湯沢まで行き、在来線特急はくたか号などに乗り換えた。もっとも金欠の学生時代や新人女優の頃は、私はもっぱら寝台特急北陸のB寝台や夜行急行の能登で帰省・上京をしていたっけ。

距離は同じでも乗車時間がこれほど違ってくると様々な変化が訪れた。

新幹線で日帰りできてしまうと会社などの〝出張〟というものが激変した。サラリーマンの皆さんの荷物も減り、なかなか身軽な装い。私自身も夏場はサンダルをひっかけ、近所のスーパーにでも行くような身形《みなり》だ。こうなってくると、気持ちも〝旅〟とか〝里帰り〟なんていう雰囲気ではまったくなくなっているのは間違いない。

かつては駅のホームで、人生の大切な場面が繰り広げられていたものだ。

熱海や湯河原に新婚旅行に出発する新郎新婦を酔っぱらった親族・友人らが万歳三唱や胴上げで見送ったり、受験で上京する生徒達を先生や親が〝必勝〟のハチマキ姿で見送ったり……。旅立つ人に紙テープを投げたり握らせたり、ホームで薬玉が割られる光景もしょっちゅう見られた。

泣いたり笑ったり抱き合ったりして別れを惜しむ姿は全国どこの駅でもだったのに、あのセンチメンタルなさまは今や消失してしまったと言っても過言ではなかろう。駅ごとに「弁当〜弁当〜」の掛け声とともに窓際に寄る〝弁当売り〟の姿もなければ、ホーム上の洗面場も撤去された(鏡張りの洗い流し場に洗面器や石鹸も置かれていた)。

いやいや、そりゃあ当然だ。だって、その気になれば、すぐに帰れるんだからねぇ。

〝覚悟を決めて旅立つ〟の内容が変わってしまったのだ。遠距離恋愛において、〝遠く離れてしまえば恋が終わるかも〟というのはもはや距離のせいにはできない。LINEでもZoomでも、いつだって連絡がとれるし、顔も見られる。つまり、本人の気持ち次第でしかなくなった。

〝ここまで逃げれば大丈夫〟や〝離れていれば何をしても平気〟ももう死語である。便利さを享受している一方で何とも言えぬ寂しさを感じている次第だ。

スッキリ目覚めたい

友人が私に打ち明けた。

「眠れないの。……〝ああ今日は大丈夫〟って思っても2時間しないうちにパカッて目が開いちゃう。シゲル、あんたはどう?」と。

50歳前後……つまり女性は更年期を迎える頃から、睡眠の質が悪くなった気がしたり、夜中に何度もトイレに起きたりといった症状に悩み始める。

女性ホルモンの減少に伴う体調の変化であろうが、そもそも〝寝るのにも体力がいる〟という話も聞く。子供がぐっすりアホほど眠るのは、それだけ身体にパワーがあるということなのだろう。

私は不眠の話題が出ると、決まって同じ答えを返す。

「できるだけ睡眠導入剤的な薬に頼るのは、まずはストップって思うの。人間、一晩眠れなかったら、翌日は疲れてぐっすりなものよ。もうお勤めしてないんだから、夜中に本読んだり、映画楽しんじゃえば？　それで次の日、お昼寝は絶対に我慢して！　夜9時過ぎに布団に入ればバタンキューよ」と。

友人にこんな助言をするのは、女優仲間のオバサン達は熟睡できずに悩んでいる人が多いからだ。

「もう私、30年導入剤のお世話になってるけど、Aさんなんて50年選手よって笑ってらしたわ」とあけすけに話すものの、その心中は複雑だ。

「一度飲むともうダメね。止めたいけど無理。だって寝られずに撮影したり舞台に立てないもの。バタンって倒れちゃうし、セリフもヤバイもの」と、首を大きく横に振ったものである。

かく言う私だが、過去に一度だけ導入剤を飲んだことがある。

ちょっとした心配事のせいか、眠りの浅い日々が続いた。

友人の医師に相談したら、一番弱いのを処方してくれ、それを一粒だけ試してみたのだ。

恐ろしいことが起きた。朝7時に目覚ましをかけたのに、起きたのは正午だった。薬が効きすぎ、自分の意思で起きられなかったわけだ。

普段の自分には〝寝過ごし〟や〝寝坊〟がまるでない。目覚ましは万が一のためで、かならずベルが鳴る前に目が覚めるのだから。

幸いその日の仕事は午後からだったので遅刻は免れたものの、私は自分の意思が薬によって働かなくなることを経験し、〝もう二度と嫌だ！〟と思ったのだった。

他に、一時《いっとき》はヤクルト1000にハマって、安眠を確保していたこともある。しかし次第に入手しづらくなり、もう何にも頼っていない。

最近私が眠れぬ夜にすることといえば、布団に入って目を閉じて、〝朝から一日、何を食べ、何を買い、幾ら使ったか〟を頭の中で振り返ったり、計算したりすることだ。

絶対に思い出せないものがあるわけだが、それが良い。「あれ、何だっけなぁ？

ワインと一緒に何を注文したんだっけなぁ？」なんてダラ〜ッとその場面を再現しているうちに、スーッと睡魔が訪れてくれるというものだ。きっと不眠で悩む皆さんにもそんなツボがあるはず。

脳の中に迷路を作って、どうぞお休みくださいませ。

そのひと言に胸がバクバク

お腹がペコペコに空いていた。

日曜日、馴染みのない地方都市の夕暮れ時。ビジネスホテルの部屋で、私は次第に心細くなり始める。

「ヤバイ、ここんとこ、ちゃんと食べてない。お弁当かコンビニご飯ばっか。今晩中に原稿も書き上げなきゃなんないから外食する余裕もない。だいたい一人で知らないお店に入るのが気が引けちゃうし……。どうしよう」

窓外を見つめながら、昼間食べた残りの梅干おにぎりを口に運ぶ。……と、この時、ピンポーンと閃《ひらめ》くことがあった。

「さっき歩いて来た通りに、確かデパートがあったよね。ここから遠くない！　そうだ、デパ地下でいろんな惣菜を買おう。明日の朝食の分も。巻き寿司に煮物にローストビーフやサラダも……ああ、助かったかも」

ご馳走を頭に描くと、もう硬くなった握り飯なんかに用がなくなった。私は半開きのラップをくるりと巻き直し、ポイッとゴミ箱に。そしてデパ地下に向かって駆け出すのだった。

私は大急ぎでデパートの階段を降りる。周辺にお客の姿はなく「大丈夫かしら」と不安だったが、店内には終了の看板も出ておらず、『蛍の光』も流れていなかったので、もう自分の勢いを止めることができなかった。

デパ地下はとても広かった。売り子さん達がしまい支度をする店もあるようだったけれども、私はキョロキョロ見回して目的の惣菜コーナーへ。

「ああ良かった、間に合った。残り数は少ないけど、何とかなる。ウフフ、どれにしようかなぁ〜」

私は3〜4カ所のお店を見て、それから和惣菜のコーナーに立った。……と、その時だ。

「あなた、何か目的があって歩いてますか？」と誰かに鋭い質問を投げかけられたのだ。

振り返れば白い制服の男性が。マスクで齢《よわい》の頃は分からぬが、背の高い錦織圭選手似のイケメンに見えた。……いや、容姿なんかどうでもいい。私は自分が何を言われているのかよく分からず、キョトンとなる。

「目的って？　お惣菜を買いたくて」

「もう閉店ですから」

「あっ、すみません。じゃあそのゴマあえと煮物、売ってもらうわけにいかないの？」

私は突然おまわりさんに職務質問を受けたような気分に陥り、オドオドとお願いした。何とか売り子のお姉さんが会計をしてくださって、私は出口までピタリと付いて回る男性に追い立てられるようにしてデパートを後にした。

胸がバクバク震えて、一体どこをどう歩いたのか記憶にない。

「何で？　何が悪かったの？　私のこの服装がみすぼらしかったから？　ブカブカの

Tシャツにリュック、サンダル履きで。私的には中の中ぐらいの恰好なのに……。怪しいオバサンが閉店ギリギリの値引きを漁ってるみたいに思われたのかなぁ？　でも、閉店の看板なかったし……」

おかしなものだ。グルグル歩き回っているうちに、フツフツと怒りが湧いてきた。立派なデパートなのに、あの言葉遣いはない。「恐れ入りますが、そろそろ閉店のお時間なので、お急ぎください」と言うべきものなのに。旅行客は些細《ささい》なことで、「酷いデパート！　こんな町に二度と来るもんか!!」になる。

私は気持ちを立て直し、部屋に戻って惣菜を開けた。主食の巻き寿司は買えなかったので、仕方なくゴミ箱に捨てた半分のお握りを拾って食べたのでありました。トホホ。

家電を止められぬ理由

とっても蒸し暑い平日のお昼過ぎ、机まわりの整理をしていたら、突然電話が鳴った。

携帯じゃなくって家電《いえでん》の方。

「はい、もしもし……」

あまり家電にはかかってこないので、ちょっぴり余所行《よそゆ》きの声を出す。

「ウフフフフ」

「エッ？　どなた？」

女の声。妙な笑い方をして名乗ろうとしない。さては今時のヤバイやつかと思って、

「切りますよ」とキック言う。と、慌てたように、「私よ、サチコ！」と……。

「……えっと……サチコさんて、どちらの？」

「忘れちゃった？　大阪へ嫁ぎまして、早、25年やわぁ」

「嘘ッ、サチ〜〜？　やだぁ、どうしてた？」

古い友人だった。

彼女が東京を離れてからは、年賀状やクリスマスカードばかりの仲になってしまった。お互いに人生の一番忙しい時期に差し掛かっていたので、文面こそは「今年こそ会おうね！」と綴ったが、結局は〝日々に疎くなりにけり〟となってしまっていた。

サチ「ゴメン。特に何があるわけでもないの。この間、続けてNHKの番組や『徹子の部屋』なんかも観ちゃったもんだから、ちょっと話したくなったの。ウフフ、ずっとテレビ観てるわよ。元気そうだし、ちっとも変わんない」

私「まさかぁ。すんごく太っちゃって。もう体重計にすら乗らなくなったわよ。サチはどうしてるの？　ご主人の会社、今も手伝ってんの？」

そんなこんなの近況報告を話し合うと、何となく会話のトーンが落ち着いた。

サチ「私達ってさ、互いの携帯番号とかメルアドも知らないのよね。今日、連絡してみようって思って、初めて気がついた。ゴメンネ」

私「いやいや、こっちこそよ」

サチ「でも、まさかこの古い番号が通じるとはね。さすがに通じないかなぁって、半信半疑でかけてみたの。そしたら、ウフフ」

なるほど、それで受話器を取った途端に妙な笑い声が聞こえてきたのか。

私の電話番号は、今の区に引っ越して以来、変わっていない。携帯を持つようになっても家電はそれなりに活用してきた。しかしながら、メールのやりとりが始まると、家電はその存在価値がグッと下がってしまったものだ。様々な書類の提出や他人に知られてもかまわぬ、会社の代表番号のように使用するばかりとなった。

特に留守録機能が見知らぬ相手への防御壁になってくれる点も助かっているし……。

ところがそのうち、絶対に家電を停止できない別の理由ができたのだ。

それは年老いた親類のおば達や、友人のお母さん達からの連絡だ。〝昔からのシゲルのナンバー〟を記憶しているので、携帯を教えても家電にかけてくる。そして留守電に長々と話しかけて。

そんな留守録の中には、消し忘れの母の姉の声が今でも入っている。それは、私にとっては大切な形見となった。

サチと長電話の末、「そうだ、携帯の番号を」と言いかけたら、何と断られてしまった。

「私、家電にまたかけるわ。シゲルも忙しくない時に出てくれるんでしょうから」

懐かしい声にほのぼの癒されたものだった。

あなたを卒業することに

スタッフの女の子とランチを食べていたところに、メールの着信音がチャリ〜ンと鳴った。

反射的にテーブルの上に置かれた彼女のスマホに目をやる。と、その画面が以前と違っている点に気が付いた。

私「あれ、待ち受け変わったね。彼氏の写真じゃなくしちゃったの？」

彼女「彼氏じゃないですよ。こっちが好きだっただけで。もういいんです」

さては、こっぴどく振られちゃったのか？……でも、それにしてはなんだか素っ気ない言い方だと思った。すると彼女、すぐに続けた。

彼女「もの凄く好きだったの。生涯、他に好きな人なんて現れないだろうって思うくらい……。彼には付き合っている女性がいて、私から見てもすごく素敵な人。優しくて可愛くて……。ところがどうやら彼女と別れたらしくって、急に私をデートに誘うようになったんです」

私「あら〜〜、良かったじゃない。ヤッタネ」

彼女「ううん、ちっとも。私ね、急に彼のこと気持ち悪くなっちゃって。嫌いどころか、もう話しかけてほしくなぁい！」

私「嘘、そんなに一気に醒めちゃったの？」

彼女「ひょっとしたら、可愛い彼女を見守っているふうに見えていたから、彼が好きだったのかも。私になんか興味を持つ彼なんか興醒めだもの」

彼女の複雑な気持ちの変化を聞き、驚きつつも、ちょっぴり頷きもした。

こういうのを、『蛙化《かえるか》現象』と呼ぶのだ。若い女性には特にありがちと言われるもの。ずっと好きだった男性が自分に振り向いてくれた途端、気持ちが萎えてしまう。それどころか不気味に思ったりもすることを言う。

言葉の由来はグリム童話『カエルの王様』らしい。ご存じの『カエルの王様』のお話は、〝嫌いが好きになる〟もので、真逆の現象だが、気持ちが反転する点から名付けられているようだ。

ずっと執着していた人から、ある日突然に気持ちが離れてしまうことは男女の仲に限らず、よおくあることではある。

例えば、私達のような芸能の世界では、熱狂的だったファンが、またたく間に他の人の追っかけになることも。そしてその移行の際に、「何だか最近キモイ！」という切り捨て発言が聞こえてきたりもする。

1年でも2年でも応援してもらったことを感謝すべきだが、面と向かって表明されてしまうと、中には落ち込んでしまうタレントだっている。

いつだったか私は、ずっと私を応援してくださっていた男性からお手紙をいただいたことがあった。

『滋様　私、この度、結婚することになりました。ずっとあなたのファンで、いろんな場所へ応援に伺っておりましたが、これにてあなたを卒業することに決めました。

永らくありがとう。そして、さようなら』
そんなふうに綴られてあったと記憶する。
私は、〝良かった。何とおめでたい！〟と心底思ったものだが、それでも〝卒業〟という文字を切なく見つめたものでありました。

〝旨い、旨い〟と、この口が……

嫌になるくらい暑いからなのか、オバサン化が酷くなっているせいなのか、この夏、私としたことが、気が付くと独り言を言っちゃっている。

人間の身体はよくできていて、例えばパワーダウンしている時に〝ヨッコラショ〟などと自然に口走りながら立ち上がったり座ったりするけれども、多分あれに近いことなのかもしれぬ。

何に対しての独り言かというと、私の場合はとにかく食べ物に対して。ひと口食べて、「ああ、いいお味！」とか、「これ、グー！」なんてコメントするのは、皆ありがちだが、私は壊れた玩具のように、ずーっと感想を口走っているみたいなのだ。

最近注目しているお店のカレーチーズパンを食べている時に、ラジオのスタッフから指摘された。

「そんなに美味しいんですか？　カレーパンですよね？」

「そう。カレーパンよ。中にトローリとチーズが入ってんの。……そそられる匂いが漂っちゃってる？」

「いえ、匂いっていうより、シゲルさん、さっきからモグモグしながら10回以上『旨いじゃん。これ、凄〜い、何て旨いの』なんてブツブツと。よっぽど美味しいんだなって」

スタッフは〝私も今度、買ってみよっとぉ〟と言って笑ってくれたけど、私は自分の呟きにまったく気が付いておらず、ちょっぴり恥ずかしかった。

〝ひどく空腹だったせいだろう〟と気を取り直したが、つい3日前には、見知らぬオジサンが私の独り言に応えてくれちゃったものだから、これには戸惑ってしまった。

東京駅で19時半頃の新幹線に乗る前に買った『串くら』の〝鶏づくし弁当〟税込み1400円だ。炊き込み山椒タレゴハンの上に海苔がしかれ、大葉やつくねやねぎま、鶏もも、うずら卵にそぼろと、万願寺の甘辛煮や木の芽、柴漬をギュ〜っと詰め込んだ抜群のお弁当だった。東京駅のお弁当には相当詳しいつもりだったが、これは初めて！　いつもは単品で焼き鳥を買っていて、まるで気付いていなかった。あまりの旨さに感動しまくっていたのは事実。どうして今までこれを買わなかったのかと、長年の弁当購入の在り方が悔やまれたほどだった。

つまり喜びが、ひと口食べるたび、ついつい溢れ出たのであろう。私は、「うわぁ堪らない！　こんなの凄い。もう美味し〜〜い。う〜ん、抜群よぉ。何これ、スゴすぎ」なんて呟いちゃってたみたい。

ひと席空けて通路側の男性が声を。男性は缶ビールを飲みながら、「そんなに旨いの？　焼き鳥弁当ですかぁ……。ハハハ、珍しいね、女の人がそんなに褒めながら食べるの。どこで買ったか、私にも教えてくださいよ」って、興味津々に喋りかけてきたというわけ。

焦った私は、「ヤダ〜、暑くなって日中、何も食べらんなくてぇ」と、咄嗟の言い訳をした。いやはや、大丈夫かな自分。独り言症が心配なのでありました。

ワゴンサービスが消える

ショックな発表があった。姫路ロケに出掛けていたお盆前の朝、それは突然にテレビ画面の中のアナウンサーから届けられた。

「（2023年）10月31日をもって、東海道新幹線の車内ワゴンサービスが終了すると、JR東海が発表いたしました」

寝ぼけまなこの自分も、これには「エ〜ッ、嘘でしょお？」と一人で大声をあげ、一気に血圧が上がったものだ。

「酷いじゃないの、東海道がやめたら、そのうち、他の新幹線も次々と右へ倣《なら》え〜になっちゃうじゃないのさぁ」

やっぱり人手不足解消や人件費の削減のためなのだろうか？

それとも駅構内の販売物があまりにも充実しまくっているあおりなのだろうか？

東京駅一つ見ても、全国各地の駅弁や老舗弁当まで、もの凄い種類だもの。

でも……だからと言って、ヒエヒエのビールや湯気の立つコーヒーはどうなるのだろうか。暑い夏はワゴンのお姉さんからアイスクリームを買って、その上に缶コーヒーを垂らして楽しんでいたのに……。だいたいにして思うのだ。ワゴンサービスの皆さんは、新幹線の中で私達の旅に花を添えてくださる唯一の存在ではないか……と。

大昔、昭和の時代にはもう一つの花、食堂車があったものだ。

大学時代、8ミリ映画の上映会に名古屋の団体から呼ばれ、仲間たちとともに新幹線に乗った。私達は食堂車がとっても嬉しくって、皆でドヤドヤ押し掛け、生クリームたっぷりのケーキにコーヒーを注文したのをよく覚えている。窓際の花瓶の脇にアンケート用紙が置いてあり、私達はそこにせっせと乗車の感想を書いたっけ。だって、それを書けば図書券が当たるおまけが付いていたからだ。忘れた頃に実際に2000円の図書券が送られてきて、私は皆に見せびらかしていたのだった。

そんなささやかな思い出が、「ああ、また名古屋に行こう」とか、「絶対に次は食堂車でカレーライスを食べよう」などという、さらなる旅の欲望を駆り立ててくれた。

それゆえに、食堂車が廃止された時には本当にガッカリしたものだ。

これで、ワゴンサービスがなくなると、本当に寂しくなるのだと思う。

時代が進むにつれ列車のスピードがアップし、美しく機能的になったのには違いない。車掌さんが一人一人乗車券をチェックするなど、とうになくなったし、いつの間にか車掌さんの人数も減っているように感じる。いろんなセンサーが私達をチェックし、カメラが私達の様子を見つめているわけだ。犯罪抑止のための警備員さんの存在ばかりが、何だか目立ちすぎている気がする（いや、目立ってこその抑止ではあろうけれど……）。

ああ、それにしても寂しい。

いつか全てが完全無人化となり、厳《いか》つい警備員さんもロボットになるのかも。そして未来の子供達に私達は言うのだ。「昔々、新幹線にはね、ワゴンサービスがあったんだよ。そのさらに昔はね、食堂車もねぇ……」なんてね。悲しく残念です。

寺田心さんの声がわりのニュース

2023年12月、テレビを観ていたら、俳優の寺田心さんがアニメ『屋根裏のラジャー』の主役ラジャーの声でアフレコに初挑戦されたというニュースが報じられた。特筆すべきは、現在中学3年生、15歳という彼の年齢だ。実際のアフレコは去年の夏に行われたそうだが、その時の彼はちょうど〝変声期〟の真っ只中にあったというのであった。

ご本人のコメントによると、去年の夏、アフレコが行われる頃には、〝何だか僕の声、変わっちゃったよなぁ〟と自覚があったとのこと。

「確かに、中学生の男の子だもんねぇ。可愛い声のままの子もいるけど、急にもの凄く低くなっちゃう子もいるよねぇ」

心さんの声がどんなふうに、どのくらい変わったのか興味津々ながら、今のところはキッチリ確認はできていない。生理的な現象ゆえ仕方のないことに違いないけれども、さぞかしアフレコの現場は、焦り、混乱されたことだろう。……声優として望まれた声が作業中に変化するというのは極めて重要なことであるからにして……。

私も自分のこれまでのアフレコの仕事を振り返ってみると、演出陣の声に対する要求はとても繊細でクオリティーが高かったと記憶する。

朝から夕方までの長い時間に、喉が疲労して、わずかにでも音質が変わろうものなら、「ちょっと休憩入れよっか」とか「甘いお茶や、のどアメ舐めてみる?」とケアをするように注意も受けた。朝が早くてまだ喉が開いていない時には、1時間後にまた最初っからやり直すことも珍しくなかったし……。

そりゃあ私達は〝生き物〟なのだから、日々ささやかな変化が身体のあちこちで起きているのが当然ではあるものの、声優としては感情を表現するにあたり自分のコンディションを整えたり、場面によっては普段使わぬ声を絞り出すようなことも求められる。

それは、自分の演じるキャラクターが別人格に見えてしまうなんていうことは決してあってはならぬわけで、演出は常にキャラクターのイメージに忠実に行われるものなのである。

さて、こんな中、昨今大きな躍進を遂げているＡＩ（人工知能）は、テレビのナレーションなどにも頻繁に導入されるようになってきた。とても流暢《りゅうちょう》に喋る。海外のＡＩ天気予報士も画面上で紹介されているのを観たことがある。

山のような人間の声をミックスして、魅力的なキャラクターの声を作り出すなんて、もう超簡単な作業に違いない。ちょっとしたことで鼻声になったり、しわがれてしまう私達の声と違い、常に安定してミスも少なく、とても安価に制作できるのだろう。

「じゃあ私達は一体、ＡＩより優れた点は何だとアピールすれば良いのかしら？」

私は自分自身に問うてみた。

「それは……、心をこめてアフレコをします！　なのかしら……」

陳腐な答えに、恥ずかしながら自嘲の笑いを漏らしそうになるのでありました。

夏のおわりの命

9月のはじめ、故郷富山で『越中座』に出演した。座長が立川志の輔さんで、毎年、県出身の芸人・俳優に声を掛けてくださる。

各々持ちネタを披露するのだが、2023年は何と同じく県出身の朝乃山関がサプライズゲストで出演！　まさかコントをやってくださるわけではないが、朝乃山をひと目でも見たいという人々でチケットは即完売のようであった。

私は夜の部の出演者だが、私だって一秒でも早く彼に会いたい。それゆえに午後の3時頃には、会場である県民会館に向かったのだ。

私は館長を務めている高志の国文学館から県民会館のホールを目指し、テクテク歩いた。

出際に職員さん達に、「すんごい暑さだからタクシー呼んだ方がいいですよ。そんなに荷物もあるんだから」と止められたが、徒歩7分ほどのところなので、「まさかぁ」と首を横に振った。

富山の人々って、とっても働き者なのに、なぜか歩こうとしない。朝、ゴミを捨てに行くにも、すぐ近所……目の前であるにもかかわらず集積所まで車で出るのだから……。冬は雪深く夏は北陸といえどもこの猛暑！

車に乗りたくなる気持ちは分からないでもないが、それにしたって、そんな目と鼻の先にまで⁉……と思う。

私の友人はベンツで銭湯にもゴミ捨てにも行く。銭湯じゃあ「ベンツに乗ってこられる人やちゃ〜」と噂になっているという話が頭に浮かんだ。ジリジリ照りつける太陽を睨みつけ「やっぱりあの子に電話して、ベンツに乗せてもらえばよかったかも」とも、正直言って思い始めていた。

そして、ちょうど半分ぐらいの道のりを来た時だ。

足元に一匹のセミがお腹を出してひっくり返っているのを見つけた。「セミもたった7日しかこのシャバで生きられないのに、こんなに暑いんじゃ寿命を短めちゃうわね」なんて呟く。せめて人の足で亡骸《なきがら》を踏まれないようにと、草むら目がけて手を差し延べたら、セミの方がギョッとなったみたく手足をバタつかせた。

「わぁ生きとる！　ほら、ひっくり返したげるちゃ」

その目がしっかりと私と合ったままだったので、こちらは急いで身体を表に返してあげた。

するとたちまち、その子は羽根を高速で動かし、県庁の方に飛んでいってしまった。私は、「あと2日は頑張れるかもね」などと声掛けをしたものである。

さて、セミと言えば、中国帰りの友人がつい先日、話していることがあったっけ。「中国じゃあね。けっこう皆、セミが好物なんだよ」と。彼は日本を知る現地の人々から「君達日本人はなぜ食べない？」などとよく尋ねられたと言っていた。

「油で揚げるのかしら?……ごま油なら香ばしいかも。富山じゃあよくエビを食べるけど、羽根を外せばエビに似てるかも。目玉のクリッとしたところなんてソックリ。

そうよ、脚だって瓜二つ。ひょっとしてエビ的な味？」

今の時点では食べてみたいなどと絶対に思わない。それでも今年以上に気候がおかしくなったらどうだろう。食物が不作で、昆虫食というのが本当に主流になるかもしれぬし……。

〝セミは食べられる！〟をよく覚えておこうと思った。

今年のサンマのお味

友人のお見舞いに仲間3人で行き、帰りに私鉄駅前の居酒屋に入った。初めてのお店。

日曜日はオールタイムOPENというところだったので、夕方4時にもかかわらず、扉を開ければ「ヘイ、いらっしゃい！」という威勢の良い声が迎えてくれた。

清潔で毛筆の手書きメニューがずらりと壁に。奥の方には魚の大きな水槽も見える。

「ウフフ、当たりのお店に入ったわね」

私達は互いにそう目くばせし合うと、すぐに生ビールで乾杯となる。さらに自家製チャーシューや揚げ出し豆腐、ポテサラにゴーヤ炒めなどを注文。

「ちょっと見て、サンマ入荷だってよぉ」

「今年、その姿すら見てないよ、私」

「今や高級魚だもん。食べようよ。1尾を3等分して」

サンマを見つければ少々興奮気味に追加も……。

「ヤッタ～、けっこう細身だけど、サンマ君よぉ」

お頭付き、腹の部分、尾っぽの部分と3つに分け、私達は3人で子供っぽい協議をする。私は尾っぽをゲットし、たっぷり大根おろしを乗っけていただいた。

「うう～、旨ッ！　やっぱサンマよねぇ。海水温は毎年上がっちゃうから、今のうちよぉ」などと大騒ぎして居酒屋タイムを満喫したのであった。

さて、あれこれ飲んで食べて、〆《しめ》にカボスのぶっかけ蕎麦を頼んだ時だ。

ハッピ姿の店員ちゃんが、ニコニコ顔で何やら小箱を差し出してきた。

「これぇ、おみくじです。引いてもらって、大吉が出たら次回から使える1000円お食事割引券を差し上げま～す。どうぞ、どうぞお一人様」

友人達はジロリ私の顔を見る。〝くじは苦手。そういうのはシゲルがやって〟と無言で伝えていると思った。

「ほんじゃあ、私が。グルリ回してぇ。この指にからみついた子を……エイッ、この子だ！」

私はエイヤと引いておみくじの封を開ける。

「キャ〜、第11番、大吉〜！　ヤッタ〜、大吉よ。何々？……　〝災害は自然に去り、よいことがあつまります。目上の人の助けによって喜びごとは増えます。おこないを正しくすることとです〟だってさぁ。フフフ、嬉しい〜！」

見事、1000円お食事券をもらった。

何とステキな居酒屋かと、私は大ファンになる。大満足でお店をあとにすると、ご主人はずっと頭を下げて見送ってくださっていたし。

「今時、嬉しいお店だったね。そんなに遠くないから、また来ようよ。1000円券あるし」

私が浮かれてそう呟くと友人がクククとなぜか笑う。どうしたのかと尋ねた途端、とてもシビアな意見が飛び出した。

「あの箱の中、全部大吉だったらどうする？」

「そうよ、最初っから1000円プレゼントは経費のうちなのかもよ」

「それで次も高いサンマ食べてくれたら、お店は万々歳じゃないのさ」

私はヒィ〜と息を止めた。何と現実的なことを言うのだろう。……いや、でも、どこもかしこも大変なこの世の中、確かにそんな技が必要なのかもしれぬ。

しまいには私も、小さく腹の中で頷いた。

〝物忘れ〟、どちら様も大丈夫でしょうか？

朝の情報番組で、どこかの調査機関によるアンケート〝物忘れが増えたか？〟に対し、YESの答えが一番多かった世代は40代だったと報じていた。

脳は20代をピークとし、加齢に伴って減退すると言われているけれど、「まさか40代でもぉ？　働き盛りじゃないの」と私は驚いてしまう。そして「一体、40代ってどんな変化がやって来るんだっけか？」と過去の自分や友人らのことを振り返った。

真っ先に思い当たったのが〝ホルモンの変化〟である。

40代後半からは男女共に更年期に突入していくので、体調や体形に著しい変化が訪れる。人間ドックデビューをし、メタボを注意されるのも、この頃ではなかろうか。

最近はこれに加え、パソコンやスマホの普及による生活様式の変化が身体に影響を及ぼしているに違いなかろう。だって、以前は何でも手帳や電話帳にいちいち書き込んでいたのに、今はスマホなどが本人に代わって全てを記憶してくれるわけだもの。

そういえば、先日、おかしなことがあった。出版社の編集さんが、打ち合わせの予定の時間を過ぎても現れない。「どうしちゃったのかなぁ?」と携帯を鳴らしても応答もない。1時間近くして、本人から電話がようやく入った。

「すいません! 私、迷子になっちゃって」

「エッ、迷子?って、どこで?」

「多分、お宅の近く……いやぁ、それがぜんぜん分かんなくって」

「電話くれたらよかったのに。で、今、どこ?」

「それがですね、スマホを会社に忘れちゃって……。駅に降りて、ムロイさんのお宅へ向かおうとスマホを取り出そうとした時に〝ない〟って気が付いて……」

「スマホ忘れても、取り敢えず、うちに来ればよかったのに〜〜」

「それがぁ……、住所もムロイさんの電話番号も全て、スマホの中でして……」

「でもあなた、うちに6回は来てるよねぇ。さすがにザックリと覚えてたんじゃあ」

「それが……何も記憶になくって」

つまり彼女は毎回スマホのグーグルマップばかり見て歩いていたので、道中の景色や目印になる物など、何もチェックせず覚えてもいないということだった。

仕事のできる才女なのに、これは何ということだろう。私はさすがに理解を超えて、少々強い口調になる。

「ねぇねぇ、何で会社に電話して、私の番号を確かめなかったの？　会社から連絡をもらったら、私、駅まで迎えに行ったのに」

私は喋りつつも嫌な予感が脳裏を走った。

案の定、彼女ときたら会社の番号も何も記憶していなかったのだ。

「もお……だったら公衆電話で１０４押してお宅の代表番号問い合わせるとかぁ」

私は喉元まで出たこの言葉を飲み込み、それ以上、問いつめるのをやめにしたのだった。彼女も花の40代ド真ん中！　やっぱり気を付けなければならぬお年頃なのかもと思ってしまった。

あなたの歯、どんな色？

歯の白い人が増えたなぁと思う。

日本ハムファイターズ監督の新庄剛志さんはこのたび、契約延長を受諾とのことだが、彼なぞその就任以前から、真っ白い歯が誰よりも際立っておられた。日焼けした精悍《せいかん》な顔がニコリ綻《ほころ》ぶと、「キラ〜ン」とまるでアニメの世界から抜け出したみたいと、私は感じていたっけ。

ところが気が付けばいつの間にか、芸能人やスポーツ選手、ダンサーの方々ばかりでなく、普通に町を歩いていても、青白いほどに歯を輝かせておられる人々に、やたらお目にかかるようになっている。

テレビの大画面では、陶器のように白い上の歯のせいで下の歯の黄ばみが露骨に映し出されてしまうキャスターさんの無惨な姿も……。

「う〜ん、どうなのかなぁ？　本来の人の歯の色じゃないし……。でも、白い歯のタレントさんが仮に過半数を占めてしまったら、私なんて〝黄色い派〟になっちゃうわけで……。それって逆に目立っちゃうのかなあ？」と、とにかくいろんな人の歯を見て、しょっちゅう考え込んでしまうようになってしまった。

そもそも歯の様子は時代を反映していると言えるのだろうか？

江戸時代には、結婚した女性はお歯黒だったらしいが、その意味はよく知らぬ。けれども金歯・銀歯なら子供の頃に嫌というほど見てきたものだ。

商家で一番羽振りの良かった親戚のオジサンは、髪に整髪料をベットリ付けテラテラに光らせるばかりか、革の靴や鞄もいつもピカピカ、さらにはその口元からも金色の光を放っていた。自分の成功を皆に見せびらかすため、ひょっとしたら悪くもない歯にも金をかぶせているんじゃないかしらと思えるほどに。

私達子供から見れば、金歯はちっとも美しくなく面白いばかりだったけど、大人達はスコブル〝金・銀〟に弱いらしくて、その歯を見た途端に相手への態度がコロリと変わることもあったように記憶する。そんな時代だった。

ところで先日のこと。明け方にポッカリと目が覚め、眠れなくなったのでテレビをつけた。随分古い時代劇をやっていた。

今は亡き俳優さんの懐かしい顔が並んだが、そのうち自分の目が皆さんの歯に注目し始める。画像自体が古めかしくて退色しているのだが、歯の色も実に黄色の濃い象牙色。中には虫歯で茶色くなっていたり、欠けたりしている人も……。

「昔は美男美女と呼ばれても、歯まで白く整っている人はなかなかいなかったものなのね」

と、私もつくづく頷いた。

若い頃、ピアスがしたくってたまらなかったけれど、所属事務所のマネージャーから「耳に穴開けたら、時代モノには出られないよ」と注意された。それでは、今の時代劇はどうなのだろう。歯も耳も興醒めするのが怖くって直視できないと思うのは私ばかりであろうか？

まさかのグリズリー

ここ1週間、故郷富山にいるが、やたらと柿をもらう。「秋、真っ盛り」と甘い実を頬張るが、「違う、クマのせい」と、じきに気が付いた。富山でもクマの出没が相次ぎ、県民にケガ人や死亡者まで出ている。山にドングリがなく、食べ物を求めて里へ降りてきてしまうのは、もう誰もが知っている。そして、クマがドングリの代わりに食べたがっているのが、たわわに実った柿であるとも……。

それゆえ柿の木があるお宅は恐れ戦《おのの》き、なった柿を全て捥《も》ぎ始めたり、木そのものを切り倒すところも出てきた。自治体が補助金を出すとの発表もあり、「ならば切ろう！」と決心する人が増えていると思う。……つまり、その結果、私のところにもドッサリと柿が届いているというわけだ。町中から立派な柿の木が消えてしまうのは寂しいかぎりだが、今の事態を考えると仕方がないのであろう。

私の友人は朝のゴミ出しが怖くて、「旦那を起こして、近所なのに車で捨てに行っとるんやちゃ」などと言う。まして一人暮らしや年寄り夫婦ともなれば、毎晩不安で眠れたものじゃあないだろう。万が一、出会ってしまったら本当にどうしたら良いのか……。死んだ振りとは言うものの、そんな勇気があるものかと思う。

もうけっこう昔の話になるけれども、私も〝クマに遭遇してしまうかも〟と強く恐怖を感じたことがある。〝アラスカの春〟を訪ねる旅番組に出演した時だ。

アラスカの春といえば冬眠明けのクマがウヨウヨいるなどとまったく知らず、私はキングサーモンを釣り上げるためにキーナイ半島に向かったのだった。

富山県の出身者といえども、町育ちではそうそうクマを見掛けることはなかった。

それがいきなり、グリズリーである。「ガオー」という直立万歳ポーズの剝製《はくせい》が行く先々のホテルのエントランスに飾られ、胆がつぶれた。

まさかと思ったが、移動のヘリコプターの窓からは、子グマ2頭と母グマの姿があちこちに確認できてしまうから堪らない。

スタッフからは、「生理中だとロケは無理。血の匂いを嗅ぎつけて何キロ先からもクマはやって来るよ。昨日も白人女性が襲われて足しか残ってなかったって」なんて脅され、ヤバイところに来てしまったと震え上がった。一番冷血なのがシロクマ、お次がグリズリー、さらにヒグマ……ツキノワグマという順番も、この時に教わった。

おまけにだ、目的の川に到着するや否や、どでかいライフルまで持たされた。釣りを指導する外国人がキングサーモンをヒットさせ、川を上ったり下ったりすると、カメラクルーは彼に集中する。その時に独りぼっちになるであろう私に万が一のことがあるかもと、自衛するようにとのことだった。クマ避《よ》けの鈴や唐辛子のスプレーじゃない。

「こ、これで、あの万歳の5メートルのグリズリーを⁉」

私ははじめてのライフルにもビビりながら、まるで釣りどころじゃあなくなったのであります。

愛しのトッ君！（その①）

NHKの名物番組『チコちゃんに叱られる！』を観ていて、「フ〜ン、そうなんだぁ」と納得したことがあった。

全国あちこちで人気のご当地キャラクターは、今や都道府県のみならず各市町村にもいる。様々な会社の顔になったり、イベントのシンボルになったり、もの凄い活躍である。……が、なぜに日本人はこんなにもキャラクター好きなのか？という問いであった。

解答者が頭をひねる中、発表された答えが、〝それは日本では古くから八百万《やおよろず》の神をお祀りしているから〟とのことだった。

昔々から、太陽や月、風や雪、山に海、自宅の便所にまで神様が宿っているとの考えだ。全ての物に神が宿っているというこの考えのおかげで、妖怪やもののけを畏《おそ》れ敬い、人形やぬいぐるみに愛情を注ぐということのよう。

外国ではそのようなことはあまりないらしく、アニメ文化が発展するいかにも日本らしいことだと、私は大いに頷いた。

いやいや頷いてばかりはいられない。そろそろ断捨離を始めたい私にとってはとても困った問題だ。

だって、神が宿りすぎちゃって、物が捨てられないのだもの。本当ならば、破れたり壊れたりした時点で「ゴメンネ、今までありがとう」とバイバイすべきことが、私にはできないのだ。

長年持ち続けているうちに、どうしても擬人化してしまい、その物に目玉的デザインが施されてなくっても、時には声まで掛けてしまうことも……。

先日、ちょっとしたアクシデントがあった。もう20数年使用している中型サイズの旅行トランクにだ。

たっぷり入るのにスコブル軽くスマート。余計な飾りがなく質実剛健な鞄を私は男性に擬人化し、トラベルの〝ト〟を取って、〝トッ君〟などと呼んでいた。

そのトッ君がここ半年ほど、それはそれは老け込んで、あちこちガタガタになり始めた。

「トッ君、大丈夫？　ここんところ、地方の仕事が多いから、君には激務だったね。ゴメンネ」

私は車輪の汚れをしっかり落とし外側を乾拭《からぶ》きする。内側の布の解《ほつ》れも縫い合わせて。

それでも鞄の命とも言える持ち手のところが次第に動かしづらくなって、伸ばしたきり下がらなくなるような時もあった。

「トッ君が人間なら、私が昔ＣＭしてたサプリ〝アクテージＡＮ錠〟を飲ませるのに。関節痛によく効くのにねぇ」

私はそんな冗談をトッ君に投げかけ、一緒に頑張ろうとしていたのだけれども、それが広島でのイベントの日、突如トッ君が事切れてしまったのだ。

会場の入り口、スタッフの男性がトッ君を引いて歩く途中、大事な持ち手がスコーンと抜けて、トッ君がバタンとコンクリートの上に倒れ込んで……。

「キャ〜、トッ君！　首がもげたぁ〜」

私はそう叫びかけたが、咄嗟に自分の声を飲み込んだ。だって、親切にアテンドしてくださったスタッフさんが先に悲鳴をあげられたからだ。

「いえ、この子、もう年なんで……」

多分、誰にも理解されぬ言葉を、私は思わず……。

愛しのトッ君！（その②）

20数年愛用していた旅行鞄が壊れた。〝トッ君〟という愛称までつけていたのに、さすがに寿命が尽き、お迎えが来たようだった。トランクの命とも言うべき持ち手がスポンと抜けてしまったので、もう手の打ちようもなく……。（前回まで）

私は広島・筆の里工房でのイベントが終わると送りの車を駅前の老舗デパートに横付けにしてもらい、トッ君を抱えて2階の鞄売り場へ駆け込んだ。

私「すみません。この分量がスッポリ入るトランクを一つお願いします」

店員さん「あらあらあら～、うわぁ大変！」

私の必死さを汲み取ってか、あるいはトッ君への同情なのか、店員さんは〝あらあら〟や〝大変〟を繰り返し口にした。

私「私、まだ京都で仕事をして、それから東京へ戻んなきゃならないんです。つまりトランクないと動けないから」

店員さん「はいはい。これなんか、いかがですか？　丈夫ですよぉ。10年保証付きですし。ここだけの話、長く使うにはやっぱり国産品ですね」

私は黒色のトッ君とはまるで違う、スカイブルー色のトランクを選んだ。国産品で8万円近くもした。お店横の通路で荷物の入れ替えをさせてもらうと、いよいよ軽く空っぽになったトッ君とお別れの時がやって来る。

「うう……トッ君、永らくありがとうね。まさか広島でさよならになるなんて……。ゴメンネ。本当にごめんなさい。忘れないから、一緒にあちこち旅へ出たこと……」

と、私。涙を堪えつつ別れの言葉を掛ける。

すると、お釣りを持って近付いてきた店員さんが申し訳なさそうに、「もしかして、この鞄、ここで処分をとお考えかしら？　それぇ、うち、やってないんですよ。粗大ゴミの料金いただいてもできないので。すみませ〜ん」などと言われるではないの!?

結局、廃棄はお願いできぬゆえ、私は戸惑いながらも自分の事務所へ宅配で送る手続きをしたのだった。

大きな雑居ビルには粗大ゴミを扱うスペースがある。私の帰宅まで、取り敢えず事務所に保管を頼もう。……そうすれば、その分トッ君との別れも先送りとなるのだから……私はちょっぴり気持ちが明るくなった。

「そうよ、今後、広島へ来るたび、〝トッ君の墓参り〟みたいな気持ちで、このデパート見るの嫌だもんねぇ」と呟きつつ、新しい旅のパートナーと一緒に歩き出してみる。

スカイブルーのトランクは驚くほど軽やかな身の熟《こな》しで、スマートで美しかった。指一本で動かせるなんて、何と素晴らしい！　20数年の間に鞄も随分と進化したものだと、素直に感心した。私はトッ君と離れて10分もせぬうちに、新しいスカイブルーの君《きみ》に夢中になってしまったのだ。

すると、そんな私達（私とスカイブルーの君）にその夜とんでもないことが起きてしまう。まるでトッ君の嫉妬心がもたらしたかのような出来事が……。

さて、それは！

愛しのトッ君！（その③）

広島出張の折、永年愛用していたトランクのトッ君の持ち手がもげてしまった。その寿命が尽きる日をそろそろかと予測していたものの、トッ君が地面に突っ伏した時には、まるで目の前で交通事故を目撃したかのような衝撃を受けたものだ。……それでも、広島から京都ロケへと向かう私には感傷にひたる余裕すらなく、駅前のデパートでスカイブルー色のトランクを購入。荷物を詰め替え京都へ向かった。（前回まで）

京都のホテルにチェックインしたのは夜の10時。

色々と大変な一日ではあったけれど、新品のブルー君との出会いが嬉しくて、美しい色あいを眺めているだけで疲れが吹き飛ぶ気がした。

「さてと、明日の準備をして、お風呂に入ろう。ロケは早朝なんだから」

私はブルー君を横たわらせ、ロックを解錠しようと4桁の暗証番号を回した。

「えっとぉ、9・6・7・4……くろうなし……と」

旅の縁起を担いでそんな番号にしたのに、どうしたことか鍵が開かない。

「えっ？　どうして？　もう一度、くろうなし……。苦労なし！　……嘘～ッ!?」

私は机に設置された拡大鏡も使い、9674がキッチリ表示されているかを確認し、ガチャガチャ何度もやり直してみる。……しかしダメなのだ。

「ダメッ、ピクリとも動かない。8万円近くしたのに。〝お客様、ナンバーをくれぐれもお忘れなく〟って店員さんがしつこかったから2度も〝苦労なし〟をやって見せたのに……」

私は10年間保証の書類を取り出そうとリュックの方を探した。どこか連絡が取れぬかと思ったのだが、これもトランクの中に入っているようだった。

私はブルー君をさすったり叩いたり、そのうち一発蹴りまで入れた。ヒステリーを起こして虐待だ。だって、力ずくでもブルー君を開けないと、明日の仕事はアウトだ。明日どころか1週間の滞在なのに……。徒労の2時間が経過した。

「ダメッ、5時起きなのに。眠れない」

私は考えた。鍵は頑丈、鞄に穴を開けられるわけもない。となると道はただ一つ。唯一柔らかなファスナーの布部分を何とかするしかない！……と。私は夜道へ駆け出し、コンビニを探し回った。幸い3ブロックほど先に見つけることができた。

私は自分を落ち着かせるのに缶コーヒーと目的のカッターナイフを買った。果たして破れるものなのかと不安はあったが、もうその選択肢しかなかった。

京都の夜道をカッターを握りしめ走る自分は百鬼夜行よりも怪しかったに違いない。

それでも私は部屋へ舞い戻ると、心をこめてブルー君に告げた。

「ゴメンネ、せっかく私のところに来てくれたのに。でも、東京に戻ったら、かならず直すからね。生涯大切にするから、ホントにゴメン！」

私は「さあ、行くよ」と声を掛け、刃の先端を彼に突き刺した。

幸いブルー君が魔法をかけてくれたのか、あっさりと開いて事無きを得たのだった。

トッ君にブルー君、ずっと一緒だからね。

君の顔、そんなに気になるの？

髪を切った。10センチほど。

伸ばしっ放しで胸元まで達しており、風呂場の鏡で見ると、まるで映画『リング』の貞子のよう。さすがに重くて肩も凝るので、見苦しくないようにしたつもり。

ただ、ついでに緩くパーマもかけたのに、誰からも〝あれ、イメチェン？〟と言ってもらえない。長い髪が煩わしく、いつもオサゲかダンゴにしてまとめていたから、そもそも髪の長さが他人には分からなかったということかしら……。

まあいい。もう見て呉《く》れなんて私自身がどうでもいいやと思っているのだから……。

さて、見て呉れと言えば、この頃〝はて？〟となることがけっこうある。

若い男の子だ。眉毛ばかりか体毛も剃り、ツルツルの若者が増えていることは、芸能の世界にいて、よおく知ってはいる。男性化粧品もスキンケアに留まらず、ファンデーションやアイシャドーやアイブローなど、女性の化粧品アイテムに迫る勢いだ。ドラマや舞台の支度の話ではなく、普通の青少年が日常の中でそんな状態だということは、電車に乗っている時に一番感じる。

以前は朝寝坊した女子学生やＯＬさんが、揺れる車内で立ちながらでも、アイラインを引いたり、チークを付けたりされていたもの。それが少しずつ変化してきたのだ。

今は、スマホをミラーにして、若い男子が穴の開くほど、自分の顔を見つめまくっている。寝グセでも気にしてんのかと思いきや、そうじゃあない。自分の朝の顔を点検し、眉毛を描いたり、リップを塗ったり、ダークファンデーションで顔に陰影をつけ、鼻筋をピッと浮きたたせたり、しっかり本気モードのお化粧に入っていく。そんな青少年の多いこと、多いこと。そんな感想を持つようになったタイミングで、友人の娘が私の家にやって来たのだ。

新年の挨拶か、はたまた結婚の報告かと思って、こちらはニコニコ迎えたものだが、それはちょっと残念なお知らせだった。

「私、結婚やめちゃった。ママから聞いてる？」と言うではないの。相手は4歳下の23歳。職場で一人前になったと感じたら入籍しようということになっていたそうだが……。

「何だか気持ち悪くなっちゃって。向こうの方が若いから〝今時〟なのかもしんないけど。自分が好きすぎるっていうのかなぁ、いつも自分自身を見ちゃってて……。確かにイケメンよ。でもさ、一緒に写真撮ったり動画撮っても自分の顔がどうこうしか言わないの。私を可愛いってちょっとぐらい言ってくれてもいいのに。最近は一緒に食事してても、私の背後のミラーの壁や、ガラス窓ばっか見ちゃってさ。髪の毛とかずっと気にしてんの。男のくせに気持ち悪いわよ。そういう理由で〝ちょっと無理〟って言っちゃった」

今時の女子の口から〝男のくせに気持ち悪い〟なんて飛び出すとは思わず、私は驚いたもの。〝女らしく、男らしく〟が若い世代にもそれなりに残っているのだと感じた次第だ。

行方不明の鍵屋さん

勝手口の鍵の調子がおかしいので、鍵屋さんに電話をかけた。

鍵のみならず防犯カメラなど、セキュリティー全般にわたってお世話になっており、担当のA君とは古い付き合いになる。

連絡は彼の携帯に。じきに折り返してくれ、トラブルは瞬く間に解消されるはずだった。

ところがどうしたことだろう、今回ばかりは何回かけても携帯がつながらない。

〝おかけになった電話は現在使われていません〟と、アナウンスされてしまう。

「嘘ッ！　去年の今頃、機械の電池交換に来てくれたのに……」

当然すぐにお店に問い合わせるべきなのだけれど、私としたことが、お店の電話番号も、何という名の店でどこにあるかも失念してしまっていた。

「ヤバイ。片仮名だっけ？　鍵……って付いたかなぁ……。う〜ん、分かんないや」

私は自分の記憶が飛んでいるのに愕然とする。

担当者の携帯しか知らないなんて。大事な家のセキュリティーなのに、あり得ない！

「いや、何とかしなきゃあ。お店をどうしても思い出さなきゃ」

私は自分自身を叱りつけ、必死で考えた。すると、ピンポーンと閃いたのである。

「そうだ、領収証よ。去年の中にあるじゃない」

ちょうど、そろそろ申告に備え、整理を始めなければならなかった。私はすぐに作業を開始し、数時間後に山のような領収証の中から鍵屋さんのものを探し当てた。

「よっしゃ〜、良かった。電話番号も書いてある。……え〜と、あっ、もしもし〜」

私はすぐ鍵屋さんに電話をし、担当さんのことを問い合わせた。

やはり彼はすでに店を退職しているとのこと。しかももう半年前のことだとか……。

「長い間、お世話になったのに……。あと、部品も少しお預けしている物がありましてぇ。Aさんのご連絡先、教えてもらうわけにいきませんか？」

私はけっこう用心深い方なので、おいそれと新しい人を頼む気にはなれなかった。

だって鍵は家の肝《キモ》だ。こちらとしては誰でもよくはない。

果たして、お店側はその点を理解してくださったようで、5分としないうちにA君の方から電話がかかってきた。

A「すみませ～ん。ご連絡しなきゃって思ってたんです。お困りですよね。今、前の会社の了解を得たので、すぐに伺ってよろしいですか？」

話ができて、1時間後にはA君の元気そうな顔が見られた。事情を問い詰める。

私「何よ、別の会社に移ったとか？」

A「いや、僕、今、親の弁当屋を手伝ってまして。鍵屋も独立してポチポチ始めてるんですけど……」

私「ええ!?　お弁当屋さんを？　家業を継いだってこと？」

A「いや、そんな大袈裟なもんじゃなくて……。両親が高齢になって店をやめたいって。でも、夫婦してずっと働いてきたのに、急にやめたらボケちゃうでしょ？　3兄弟で話し合って、交代で親と一緒にお店やろうって」

何と優しい息子さん達だろう。私は胸が熱くなった。そして……。

「さすが、偉いね。私も鍵の面倒を一生見てもらうわよ」と言わずにはおられなかったのでありました。

昔の私と今の私

朝、私が所属する芸能事務所の女ボス、〝ふぐママ〟から電話がかかってきた。

「ムロイ〜、この前、あなたが出てたドラマの再放送をたまたま観たの。随分、痩せてたわぁ。短めのタイトなスカートで、脚もきれいだったし、ウエストもくびれてたわよ。やっぱり見苦しくなくって、いいわぁ。暑くなって薄着になる前に、今年はシェープアップしてちょうだい。まだ女優なんだからね‼」

一体、何を観たのか、そんなお願いっつうか、お説教をされてしまう。

そりゃあ私だって、そう思う。以前に比べれば自分自身がひと回りもふた回りも大きくなった自覚はある。

しかしながら、ふぐママ社長は、「他社の女優さんは皆さんスリムねぇ。でもムロイ、あんたはいいわよ太ったって。もう見かけがどうという年じゃないし、ムロイはムロイっていう演技を見せてくれれば」なんて、ニコニコ顔で言ってくれていたのに。日焼けし放題、エステなど皆無の私をいくら注意しても無駄と諦め、人間臭さを滲ませる演技を希望していたはずなのに。

急に真逆のことを言われても困る。いくらスリムな方が身体が楽チンで洋服も似合うからったって、贅肉を急には落とせない。オバサンのダイエットはそんなに簡単なものではないのだから。

ところが、その夕方である。私はお天気が良かったので、露天風呂が人気の隣町の銭湯へと繰り出した。と、その時に……。

土曜日のせいか、けっこう混んでいた。一緒に行った友人とは背中合わせに洗い場を使い、お喋りはナシで黙々と身体を洗った。

しばらくして、湯船から戻られた隣のおばあさんが、何やら独り言を呟き始め、それがいつの間にか、私に話し掛けている具合にと変わった。

「ああ、ホントにここのお湯はいいわねぇ、軟らかくって、もうスベスベになるわぁ」

私は小さく相槌を打って、ただただ笑い顔で応えていたのだけれど、それが突然相手の調子がガラリ変わって、「ねぇ、あんたさ、ムロイシゲルにそっくりね。よく似てる！　私さ、隣町の銭湯で昔、しょっちゅう会ったもんなのよ。ホント、瓜二つだよ。……ただね、ムロイシゲルの方が、あんたよりひと回り、いや、もっと小さいかな……。やっぱり向こうは女優さんだから、大分痩せてるけどね」……だって！

私はここで声を出してはヤバイと思い、噴き出しそうになるのを必死に堪える。とにかく大きく首を振って頷き、シャンプーの体勢へと逃げ出すのであった。

おばあさんだからと、嘗《な》めちゃあいけない。さすが年季の入った女性の観察眼をお持ちだ。

全裸を瞬時にチェックし、「あんたより小さい」などと過去の私と比較するなんて。

〝これはさすがにダイエットを始めねばならん〟と私も決意するのでありました。

頑張りまあす。

おわりに

オバサンの呟きにお付き合いくださり、ありがとうございます。

今回、オバサンの殺風景な〝ゆうべの日常〟を絵本ライブの相棒、長谷川義史さんがキュートに絵にしてくださった。

私は夕方、銭湯や買い物を終えると家でのんびり大相撲中継を観戦しながら時折四股を踏み、故郷のホテルイカの干物をツマミに晩酌し、愛猫とベッドインして数独しながら眠りに就く……。他愛ないけど、自分にとっては最高の愉しみ。絵を眺めつつ、けっこう幸せだなぁと思えてくるものです。

世の中、色々ありますが、皆さま、時にささやかに、たまには大いに楽しんでまいりましょう。編集担当の橘髙真也さん、ブックデザインの小川恵子さん、装画の長谷川義史さん、ありがとうございました。

室井滋

室井滋　むろい・しげる

富山県生まれ。女優。早稲田大学在学中に1981年『風の歌を聴け』でデビュー。映画『居酒屋ゆうれい』『のど自慢』などで多くの映画賞を受賞。2012年日本喜劇人大賞特別賞、15年松尾芸能賞テレビ部門優秀賞を受賞。ディズニー映画『ファインディング・ニモ』『ファインディング・ドリー』日本語版のドリーの吹替えや、FMとやま、FM山形で放送の『しげちゃん☆おはなしラジオ』に出演。また、絵本『会いたくて会いたくて』『タケシのせかい』『キューちゃんの日記』『チビのおねがい』、エッセイ集『ヤットコスットコ女旅』ほか著書多数。全国各地で「しげちゃん一座」絵本ライブを開催中。2023年4月より富山県立高志の国文学館館長に就任。

本書は「女性セブン」の連載「ゆうべのヒミツ」（2021年2月4日号から連載中）を中心に、「夕刊フジ」の連載「瓢箪なまず日記」とあわせて室井さん自ら厳選・再構成し、単行本化にあたって加筆・修正したものです。

ゆうべのヒミツ

2024年 9月 25日　初版第1刷発行
2024年12月 21日　　　第4刷発行

著者　室井滋
発行人　鈴木亮介
発行所　株式会社小学館
〒101-8001　東京都千代田区一ツ橋2-3-1
編集 03-3230-5585
販売 03-5281-3555

印刷所　大日本印刷株式会社
製本所　株式会社若林製本工場

販売　中山智子
宣伝　秋山優
制作　国分浩一
資材　朝尾直丸
編集　橘髙真也

Printed in Japan　ISBN 978-4-09-396556-9